Mitten im Tod

LAWRENCE BLOCK

Aus dem Amerikanischen von Stefan Mommertz

A LAWRENCE BLOCK PRODUCTION

Mitten im Tod ist die deutsche Neuübersetzung des dritten Romans mit Lawrence Blocks charismatischster Figur, Matthew Scudder. Von Daseinsangst geplagt, hat Scudder Frau und Kinder verlassen und den Polizeidienst quittiert. Nun lebt er allein in einem Hotel im New Yorker Stadtteil Hell's Kitchen und ernährt sich von Bourbon und Kaffee in der Kneipe von Jimmy Armstrong um die Ecke. Das Geld, das er zum Leben braucht, verdient er sich als Privatdetektiv ohne Lizenz, indem er, wie er es ausdrückt, »Freunden Gefälligkeiten erweist«.

Hier ist die Meinung eines Rezensenten auf Amazon.com:
»Zum ersten Mal in der nun aus drei Büchern bestehenden Matt-Scudder-Reihe erhebt das Wort ›Alkoholiker‹ sein hässliches Haupt; es wird nicht von Matt ausgesprochen, sondern von einer interessierten Freundin in den Raum geworfen. Und Matt leugnet rundherum ab: Er könne jederzeit mit dem Trinken aufhören, wenn er wolle, er trinke gar nicht so viel, es beeinträchtige seine Fähigkeiten nicht. Aber während er diesen Fall löst, ist Matt nie allzu weit vom letzten oder nächsten Drink entfernt, er leidet bereits unter Gedächtnislücken und ihm unterlaufen mehrere taktische und womöglich tödliche Fehler, weil sein Gehirn von Bourbon und Kaffee benebelt ist.

Aber zwischen Matts regelmäßigem Kippen von Drinks bekommen wir einen spannenden kleinen Fall präsentiert: Diesmal ist sein Klient ein korrupter Cop, der zu gierig wird und den Mord an einer Prostituierten in die Schuhe geschoben bekommt. Und wir treffen mehrere originelle und faszinierende Figuren, wie Doug Fuhrmann, eine Figur, die perfekt für die schauspielerischen Fähigkeiten des verstorbenen Elisha Cook Jr. gepasst hätte, und Kenny, den Besitzer von Sinthia's, einer Schwulenbar im Village. Elaine, das Callgirl aus dem ersten Band, kehrt in dieser Geschichte in einer gewichtigeren Rolle zurück. Und da ist die Ehefrau des Klienten, mit der Matt ein Techtelmechtel hat; Matt hält die Affäre am Laufen, indem er ihr das sagt, was sie hören möchte, oder meint er es ernst und sie ist es, die mit seinen Gefühlen spielt? Es ist eine schmutzige große Stadt, aber ich bin froh, dass Matt dort lebt und Lawrence Block uns seine Abenteuer miterleben lässt.«

Ein anderer Rezensent ergänzt:
»Achtung: Wenn Sie den Roman in die Hand nehmen, werden Sie ihn nicht wieder weglegen wollen, bis Sie ihn ausgelesen haben. Ein unterhaltsamer, befriedigender Krimi. Dieses Buch wäre neben den besten Romanen von Dashiell Hammett und Raymond Chandler nicht fehl am Platz. So gut ist es!«

Für eine abwesende Freundin

Kapitel 1

Besser als im Oktober wird es nicht in der Stadt. Der Rest der Sommerhitze hatte sich verabschiedet und das richtig kalte Wetter stand noch aus. Im September hatte es geregnet, relativ viel sogar, aber das lag jetzt hinter uns. Die Luft war ein bisschen weniger verschmutzt als üblich, und durch die angenehme Temperatur schien sie sogar sauberer zu sein, als sie es in Wirklichkeit war.

Ich hielt an einer Telefonzelle in der 3rd Avenue auf Höhe der Fünfziger Straßen an. An der Straßenecke verstreute eine alte Frau Brotkrümel für die Tauben und gurrte leise, während sie sie fütterte. Ich denke, dass es eine Stadtverordnung gegen das Taubenfüttern gibt. Wir haben sie auf dem Revier immer angeführt, wenn wir Grünschnäbeln erklären wollten, dass es Gesetze gibt, denen man Geltung verschafft, und Gesetze, die man besser ignoriert.

Ich betrat die Telefonzelle. Sie war schon mindestens einmal mit einer öffentlichen Toilette verwechselt worden, was dem Standard entsprach. Zumindest funktionierte das Telefon. Heutzutage funktionieren die meisten von ihnen, aber vor fünf oder sechs Jahren konnte man das von der Mehrzahl der öffentlichen Telefonzellen nicht behaupten. Also wird nicht alles in unserer Welt schlechter. Einige Dinge werden sogar besser.

Ich wählte Portia Carrs Nummer. Nach dem zweiten Klingeln hatte sich bislang immer der Anrufbeantworter angeschaltet, weshalb ich vermutete, dass ich mich verwählt hatte, als es zum dritten Mal klingelte. Ich hatte begonnen anzunehmen, dass sie nie zu Hause sein würde, wenn ich anrief.

Dann ging sie ans Telefon. »Ja?«

»Miss Carr?«

»Ja, am Apparat.« Die Stimme war nicht ganz so tief wie auf der Ansage des Anrufbeantworters, und der vornehme englische Akzent war weniger ausgeprägt.

»Mein Name ist Scudder«, sagte ich. »Ich möchte gerne vorbeikommen, um Sie zu treffen. Ich befinde mich in der Gegend und–«

»Es tut mir schrecklich leid«, fiel sie mir ins Wort. »Aber ich empfange keine Besuche mehr. Vielen Dank.«

»Ich wollte mit–«

»Rufen Sie jemand anderen an.« Sie legte auf.

Ich suchte nach einer weiteren Zehn-Cent-Münze und wollte sie gerade einwerfen, um noch einmal anzurufen, als ich mich eines Besseren besann und die Münze wieder einsteckte. Ich ging zwei Blocks Richtung Süden und einen nach Osten zur Kreuzung der 2nd Avenue mit der 54th Street. Dort machte ich in Sichtweite des Eingangs zu ihrem Haus ein Café mit einer Telefonzelle ausfindig. Ich warf die Münze in den Apparat dort und wählte ihre Nummer.

Sobald sie abgehoben hatte, sagte ich: »Mein Name ist Scudder und ich möchte mit Ihnen über Jerry Broadfield sprechen.«

Es gab eine Pause. Dann sagte sie: »Wer spricht da?«

»Hab ich Ihnen schon gesagt. Mein Name ist Matthew Scudder.«

»Sie haben vor ein paar Minuten schon einmal angerufen.«

»Richtig. Und Sie haben einfach aufgelegt.«

»Ich dachte–«

»Ich weiß, was Sie dachten. Ich will mit Ihnen sprechen.«

»Es tut mir furchtbar leid, aber, wissen Sie, ich gebe keine Interviews.«

»Ich bin nicht von der Zeitung.«

»Warum wollen Sie *dann* mit mir sprechen, Mr. Scudder?«

»Das werden Sie erfahren, wenn wir uns treffen. Und ich denke, wir sollten uns treffen, Miss Carr.«

»Ich denke eher nicht, dass wir das sollten.«

»Ich bin mir nicht sicher, ob Sie eine Wahl haben. Ich bin in der Gegend. Ich werde in fünf Minuten bei Ihnen sein.«

»Nein, bitte.« Eine Pause. »Ich bin gerade aus dem Bett gestiegen, verstehen Sie? Sie müssen mir eine Stunde Zeit geben. Können Sie mir eine Stunde geben?«

»Wenn es sein muss.«

»Dann kommen Sie in einer Stunde. Ich vermute, Sie haben meine Adresse?«

Ich sagte ihr, dass ich sie hatte. Ich legte auf und setzte mich mit einer Tasse Kaffee und einem Brötchen an den Tresen. Durch das Fenster behielt ich ihr Haus im Auge, und gerade als der Kaffee kalt genug geworden war, um ihn zu trinken, konnte ich den ersten Blick auf sie werfen. Sie musste bereits angezogen gewesen sein, als wir miteinander gesprochen hatten, denn sie brauchte nur etwas mehr als sieben Minuten, um aus dem Haus zu treten.

Es war keine sonderlich große Leistung, sie zu erkennen. Die Beschreibung war ziemlich eindeutig gewesen – eine glühende Mähne von dunkelrotem Haar, hoher Wuchs. Und sie verband es mit der majestätischen Ausstrahlung einer Löwin.

Ich erhob mich und ging zur Tür, bereit dazu, ihr zu folgen, sobald ich sah, welche Richtung sie einschlug. Aber sie kam geradewegs auf das Café zu, und als sie durch die Tür hereinkam, wandte ich mich von ihr ab und ging zurück zu meiner Kaffeetasse.

Sie ging direkt zur Telefonzelle.

Ich vermute, das hätte mich nicht überraschen sollen. Da genug Telefone abgehört werden, wird jeder, der in kriminelle oder politische Aktivitäten verwickelt ist, *alle* Telefone als angezapft betrachten und sich dementsprechend verhalten. Wichtige oder heikle Anrufe erledigt man nicht mit dem eigenen Telefon. Und das hier war das nächste Münztelefon bei ihrem Haus. Das war der Grund, warum ich es gewählt hatte, und es war auch der Grund, warum sie es jetzt benutzte.

Ich rückte ein bisschen näher an die Telefonzelle heran, nur um mir selbst zu bestätigen, dass mir das nichts nützen würde. Ich konnte nicht sehen, welche Nummer sie wählte, und ich konnte kein Wort hören. Nachdem ich das festgestellt hatte, bezahlte ich das Brötchen und den Kaffee und verließ das Café.

Ich überquerte die Straße und spazierte zu ihrem Haus.

Ich ging ein Risiko ein. Wenn sie nach dem Telefongespräch in ein Taxi stieg, würde ich sie verlieren, und ich wollte sie jetzt nicht verlieren. Nicht, nachdem es so lange gedauert hatte, bis ich sie gefunden hatte. Ich wollte wissen, wen sie jetzt anrief, und wenn sie irgendwohin ging, wollte ich wissen, wohin und warum.

Aber ich dachte nicht, dass sie ein Taxi nehmen würde. Sie hatte nicht einmal eine Handtasche bei sich, und wenn sie irgendwohin gehen wollte, würde sie zuerst wegen ihrer Tasche zurückkommen und Kleidung in einen Koffer packen. Und sie hatte das Treffen mit mir so vereinbart, dass ihr eine Stunde Zeit blieb.

Also ging ich zu ihrem Haus und stieß an der Tür auf einen kleinen, weißhaarigen Mann. Er hatte arglose blaue Augen und einen Ausschlag geplatzter Äderchen auf den Wangenknochen. Er sah aus, als wäre er sehr stolz auf seine Uniform.

»Carr«, sagte ich.

»Ist vor einer Minute weggegangen. Sie haben sie gerade verpasst, kann nicht mehr als eine Minute her sein.«

»Ich weiß.« Ich zog meine Brieftasche hervor und klappte sie schnell auf und zu. Es gab dort für ihn nichts zu sehen, nicht einmal ein Abzeichen für Nachwuchsgeheimagenten, aber es spielte keine Rolle. Es sind die Bewegungen, die den Ausschlag geben, vor allem, wenn man sowieso schon wie ein Cop aussieht. Er durfte einen kurzen Blick auf das Leder werfen und war angemessen beeindruckt. Es wäre ungebührlich für ihn gewesen, einen genaueren Blick zu verlangen.

»Welches Apartment?«

»Ich hoffe, ich bekomme deshalb keine Schwierigkeiten.«

»Nicht, wenn Sie sich an die Spielregeln halten. In welchem Apartment wohnt sie?«

»Vier G.«

»Geben Sie mir den Generalschlüssel, ja?«

»Das darf ich eigentlich nicht tun.«

»Mhm. Wollen Sie mit aufs Präsidium kommen und darüber reden?«

Er wollte nicht. Was er wollte, war, dass ich irgendwohin verschwand und dort verreckte, aber das sagte er nicht. Er gab mir seinen Generalschlüssel.

»Sie wird in ein paar Minuten zurückkommen. An Ihrer Stelle würde ich ihr nicht sagen, dass ich oben bin.«

»Mir gefällt das nicht.«

»Es muss Ihnen nicht gefallen.«

»Sie ist eine freundliche Dame. Sie war immer freundlich zu mir.«

»Großzügig an Weihnachten, was?«

»Sie ist eine sehr liebenswürdige Person«, sagte er.

»Ich bin mir sicher, dass Sie eine tolle Beziehung haben. Aber wenn Sie sie warnen und ich davon erfahre, werde ich sehr unglücklich sein. Verstehen Sie?«

»Ich werde nichts sagen.«

»Und Sie werden den Schlüssel zurückbekommen. Machen Sie sich deshalb keine Sorgen.«

»Das ist das Mindeste.«

Ich nahm den Aufzug in den dritten Stock. Apartment G lag zur Straße hin und ich setze mich an ihr Fenster, um den Eingang zum Café zu beobachten. Von dieser Position aus konnte ich nicht sehen, ob sich jemand in der Telefonzelle befand oder nicht. Sie konnte bereits gegangen sein, um die Ecke verschwunden und in ein Taxi gestiegen sein, aber ich dachte nicht, dass sie das getan hatte. Ich saß dort auf dem Stuhl und wartete, und nach etwa zehn Minuten kam sie aus dem Café und stand an der Straßenecke, groß und schlank und beeindruckend.

Und offensichtlich unsicher. Sie stand einfach einen langen Moment lang dort, und ich konnte die Unentschlossenheit in ihrem Kopf lesen. Sie hätte in fast jede Richtung losgehen können. Aber nach einem Moment drehte sie sich entschlossen um und begann, auf mich zuzugehen. Ich gab einen Atemzug von mir, von dem ich nicht gewusst hatte, dass ich ihn angehalten hatte, und machte es mir gemütlich, während ich auf sie wartete.

Als ich ihren Schlüssel im Schloss hörte, trat ich vom Fenster weg und drückte mich an die Wand. Sie öffnete die Tür, schloss sie, nachdem sie eingetreten war, und schob den Riegel vor. Sie erledigte die Aufgabe, die

Tür abzusperren, zwar sehr effektiv, aber ich befand mich bereits in ihrer Wohnung.

Sie zog den blassblauen Trenchcoat aus und hängte ihn in den Wandschrank neben dem Eingang. Darunter trug sie einen knielangen Faltenrock und eine maßgeschneiderte gelbe Bluse mit Button-down-Kragen. Sie hatte sehr lange Beine und einen kräftigen, athletischen Körper.

Sie drehte sich wieder um und ihre Augen blickten nicht ganz zu der Stelle, an der ich stand. Ich sagte: »Hallo, Portia.«

Der Schrei verließ ihren Mund nicht. Sie unterdrückte ihn, indem sie sich mit der Hand den Mund zuhielt. Einen Moment lang stand sie völlig regungslos, den Körper auf den Zehenspitzen balancierend, und dann brachte sie ihre Hand dazu, sich von ihrem Mund zu lösen, während sie sich wieder auf die Fersen stellte. Sie atmete tief ein und klammerte sich an den Atemzug. Ihre Hautfarbe war von Haus aus sehr hell, aber nun sah ihr Gesicht gebleicht aus. Sie legte die Hand auf ihr Herz. Die Geste wirkte theatralisch, unecht. Als würde sie das erkennen, senkte sie die Hand und atmete mehrmals tief ein und aus, ein und aus.

»Sie sind–«

»Scudder.«

»Sie haben vorhin angerufen.«

»Ja.«

»Sie haben versprochen, dass ich eine Stunde Zeit haben würde.«

»Meine Uhr geht in der letzten Zeit etwas vor.«

»Tut sie das, tatsächlich.« Sie holte noch einmal tief Luft und atmete langsam aus. Sie schloss die Augen. Ich verließ meinen Posten an der Wand und blieb in der Mitte des Zimmers ein paar Schritte von ihr entfernt stehen. Sie sah nicht wie eine Person aus, die leicht ohnmächtig wird, und wenn sie es werden würde, wäre es wahrscheinlich schon passiert, aber sie war noch immer sehr blass, und wenn sie umfiel, wollte ich zumindest die Chance haben, sie aufzufangen, bevor sie auf dem Boden landete. Aber die Farbe begann, in ihr Gesicht zurückzukehren, und sie öffnete die Augen.

»Ich brauche einen Drink«, verkündete sie. »Möchten Sie auch einen?«

»Nein, danke.«

»Dann trinke ich alleine.« Sie ging in die Küche. Ich folgte ihr dicht genug, um sie im Auge zu behalten. Sie nahm eine Dreivierteliterflasche Scotch und eine kleine Flasche Sodawasser aus dem Kühlschrank und schüttete jeweils etwa zwei Fingerbreit davon in ein Glas. »Kein Eis«, sagte sie. »Ich mag es nicht, wenn die Eiswürfel an meine Zähne stoßen. Aber ich habe mir angewöhnt, alle meine Drinks gekühlt zu trinken. Wissen Sie, hierzulande ist es wärmer in den Innenräumen, weshalb Drinks in Raumtemperatur absolut nicht akzeptabel sind. Sind Sie sicher, dass Sie mir nicht Gesellschaft leisten wollen?«

»Jetzt nicht.«

»Dann zum Wohl.« Sie erledigte den Drink in einem sehr langen Zug. Ich beobachtete, wie die Muskeln in ihrem Hals arbeiteten. Ein langer, schöner Hals. Sie hatte perfekte englische Haut und es war sehr viel davon nötig, sie zu bedecken. Ich bin ungefähr eins dreiundachtzig groß und sie war mindestens so groß wie ich, vielleicht sogar ein bisschen größer. Ich stellte sie mir zusammen mit Jerry Broadfield vor. Broadfield war etwa zehn Zentimeter größer als sie und stand ihr hinsichtlich Ausstrahlung in kaum etwas nach. Sie mussten ein beeindruckendes Paar abgegeben haben.

Sie atmete noch einmal tief ein, schauderte und stellte das leere Glas in die Spüle. Ich fragte sie, ob es ihr gut ginge.

»Oh, einfach prima«, sagte sie. Ihre Augen waren von sehr blasser blauer, fast schon grauer Farbe, ihr Mund voll, aber blutleer. Ich trat zur Seite und sie ging an mir vorbei ins Wohnzimmer. Ihre Hüfte streifte mich mit dem Hauch einer Berührung, als sie an mir vorbeiging. Es war genug. Es würde nicht sehr viel mehr nötig sein, nicht bei ihr.

Sie setzte sich auf ein schieferblaues Sofa und nahm einen Zigarillo aus einer Teakholzkiste, die sich auf einem Beistelltisch aus klarem Plexiglas befand. Sie zündete den Zigarillo mit einem Streichholz an, dann deutete sie auf die Kiste, um mir zu signalisieren, dass ich mich bedienen sollte. Ich sagte ihr, dass ich nicht rauche.

»Ich bin auf die hier umgestiegen, weil man sie nicht inhaliert«, sagte sie. »Also inhaliere ich sie trotzdem und natürlich sind sie stärker als Zigaretten. Wie sind Sie hereingekommen?«

Ich hielt den Schlüssel in die Höhe.

»Den hat Ihnen Timmie gegeben?«

»Er wollte nicht. Ich hab ihm keine Wahl gelassen. Er hat gesagt, dass Sie immer nett zu ihm sind.«

»Ich gebe ihm genug Trinkgeld, dem dummen kleinen Wichser. Sie haben mir einen Schreck eingejagt, müssen Sie wissen. Ich weiß nicht, was Sie wollen oder warum Sie hier sind. Und übrigens auch nicht, wer sie sind. Ich scheine Ihren Namen schon wieder vergessen zu haben.« Ich half ihr damit aus. »Matthew«, sagte sie. »Ich weiß nicht, warum Sie hier sind, Matthew.«

»Wen haben Sie vom Café aus angerufen?«

»Sie waren dort? Ich habe Sie nicht bemerkt.«

»Wen haben Sie angerufen?«

Sie verschaffte sich Zeit, indem sie an dem Zigarillo zog. Ihre Augen wurden nachdenklich. »Ich denke nicht, dass ich Ihnen das sagen werde«, sagte sie schließlich.

»Warum haben Sie Jerry Broadfield angezeigt?«

»Wegen Erpressung.«

»Warum, Miss Carr?«

»Vorhin haben Sie mich Portia genannt. Oder war das nur wegen der Schockwirkung? Die Bullen nennen einen immer beim Vornamen. Damit sie ihre Verachtung zum Ausdruck bringen können. Es soll ihnen eine Art von psychologischem Vorteil bringen, oder?« Sie deutete mit dem Zigarillo auf mich. »Sie. Sie sind nicht bei der Polizei, oder?«

»Nein.«

»Aber Sie haben so etwas an sich.«

»Ich war früher mal ein Cop.«

»Ah.« Sie nickte befriedigt. »Und Sie haben Jerry kennengelernt, als Sie noch bei der Polizei waren?«

»Damals habe ich ihn noch nicht gekannt.«

»Aber jetzt kennen Sie ihn.«

»Das ist richtig.«

»Und Sie sind ein Freund von ihm? Nein, das ist unmöglich. Jerry hat keine Freunde, oder?«

»Hat er nicht?«

»Wohl kaum. Das wüssten Sie, wenn Sie ihn näher kennen würden.«

»Ich kenne ihn nicht gut.«

»Ich frage mich, ob ihn irgendjemand gut kennt.« Ein weiterer Zug an dem Zigarillo, ein behutsames Abklopfen der Asche in einen kunstvoll geformten Glasaschenbecher. »Jerry Broadfield hat Bekannte. Jede Menge Bekannte. Aber ich bezweifle, dass er einen einzigen Freund auf der Welt hat.«

»Sie sind sicherlich nicht seine Freundin.«

»Das habe ich auch nie behauptet.«

»Warum haben Sie ihn wegen Erpressung angezeigt?«

»Weil es stimmt.« Sie brachte ein leichtes Lächeln zustande. »Er hat darauf bestanden, dass ich ihm Geld gebe. Einhundert Dollar pro Woche oder er würde mir Schwierigkeiten bereiten. Prostituierte sind verletzliche Kreaturen, müssen Sie wissen. Und einhundert Dollar die Woche ist nicht so schrecklich viel, wenn man bedenkt, welche Summen Männer bereit sind zu zahlen, um mit einer Prostituierten ins Bett gehen zu dürfen.« Sie formte mit ihren Händen ihren Körper nach. »Also habe ich ihn bezahlt«, sagte sie. »Das Geld, das er verlangt hat, und ich habe mich ihm für Sex zur Verfügung gestellt.«

»Wie lange?«

»Normalerweise etwa eine Stunde pro Treffen. Warum?«

»Seit wann haben Sie ihn bezahlt?«

»Oh, ich weiß nicht. Etwa ein Jahr lang, vermute ich.«

»Und seit wann sind Sie in diesem Land?«

»Etwas mehr als drei Jahre.«

»Und Sie wollen nicht zurückgehen, oder?« Ich erhob mich und ging zur Couch. »So haben die Sie wahrscheinlich unter Druck gesetzt«, sagte ich. »Entweder Sie spielen das Spiel mit oder man wird dafür sorgen, dass Sie als unerwünschte Ausländerin ausgewiesen werden. Hat man Sie so überredet?«

»Was für eine Formulierung. Unerwünschte Ausländerin.«

»Hat man Sie so –«

»Die meisten Männer betrachten mich als überaus erwünschte

Ausländerin.« Die kalten Augen forderten mich heraus. »Sie selbst haben nicht zufällig auch eine Meinung zu diesem Thema?«

Sie hatte Wirkung auf mich, und das bereitete mir eine Menge Sorgen. Ich mochte sie nicht sehr, also warum hatte sie dann so eine Wirkung auf mich? Ich erinnerte mich an etwas, das Elaine Mardell gesagt hatte. Es lief darauf hinaus, dass es sich beim größten Teil von Portia Carrs Kunden um Masochisten handelte. Ich hatte nie wirklich verstanden, was einen Masochisten glücklich macht, aber ein paar Minuten in ihrer Gegenwart genügten, um mir klarzumachen, dass ein Masochist in dieser Frau ein perfektes Element für seine Fantasien finden würde. Und auf etwas andere Weise passte sie sehr gut in meine eigenen.

Wir drehten uns noch eine Zeitlang im Kreis. Sie beharrte darauf, dass Broadfield wirklich Geld von ihr erpresst hatte, und ich versuchte, daran vorbei zu der Person zu kommen, die sie dazu gebracht hatte, ihn anzuschwärzen. Wir kamen nicht weiter – das heißt, *ich* kam nicht weiter und sie wollte sowieso nirgendwo hin.

Also sagte ich: »Hören Sie, wenn man es genau nimmt, spielt es keine Rolle. Es spielt keine Rolle, ob er Geld von Ihnen bekommen hat, und es spielt keine Rolle, wer Sie dazu gebracht hat, ihn anzuzeigen.«

»Warum sind Sie dann hier, Engelchen? Rein aus Liebe?«

»Was eine Rolle spielt, ist die Frage, was nötig ist, damit Sie die Anzeige zurückziehen.«

»Wozu die Eile?« Sie lächelte. »Jerry ist doch noch nicht einmal verhaftet worden, oder?«

»Sie werden die Sache nicht bis vor Gericht bringen«, fuhr ich fort. »Für eine Anklage bräuchten Sie Beweise, und wenn Sie welche hätten, wären die schon zum Vorschein gekommen. Also ist das alles nur Verleumdung, aber für ihn ist es eine sehr unangenehme Verleumdung und er möchte sie loswerden. Was wollen Sie, um die Anzeige zurückzuziehen?«

»Jerry sollte es wissen.«

»Oh?«

»Alles, was er tun muss, ist aufzuhören, das zu tun, was er tut.«

»Sie meinen das mit Prejanian.«

»Tue ich das?« Sie hatte den Zigarillo zu Ende geraucht und holte sich einen neuen aus der Teakholzkiste. Aber sie zündete ihn nicht an, sie spielte nur damit. »Vielleicht meine ich gar nichts. Aber werfen wir einen Blick auf die Fakten. Das ist eine amerikanische Redewendung, die mir gefällt. Werfen wir einen Blick auf die Fakten. All die Jahre lang ging es Jerry als Polizist ziemlich gut. Er hat ein reizendes kleines Haus in Forest Hills und eine reizende Frau und reizende Kinder. Haben Sie seine Frau und seine Kinder getroffen?«

»Nein.«

»Ich auch nicht, aber ich habe Fotos von ihnen gesehen. Amerikanische Männer sind seltsam. Erst zeigen sie einem Fotos von ihren Frauen und Kindern, und dann wollen sie ins Bett gehen. Sind Sie verheiratet?«

»Nicht mehr.«

»Sind Sie fremdgegangen, als Sie es noch waren?«

»Ab und zu.«

»Aber Sie haben keine Fotos herumgezeigt, oder?« Ich schüttelte den Kopf. »Irgendwie habe ich das vermutet.« Sie legte den Zigarillo in die Kiste zurück, streckte sich, gähnte. »Wie dem auch sei, er hatte all das, und dann ist er mit dieser langen Geschichte über Polizeikorruption zu diesem Sonderstaatsanwalt gegangen, und er hat angefangen, den Zeitungen Interviews zu geben, und er hat sich vom Polizeidienst freistellen lassen, und urplötzlich steckt er in Schwierigkeiten und wird beschuldigt, eine arme kleine Hure um einhundert Dollar pro Woche erpresst zu haben. Das gibt einem zu denken, oder?«

»Ist es das, was er machen muss? Er bricht mit Prejanian und Sie ziehen die Anzeige zurück?«

»Das habe ich nie so gesagt, oder? Und sowieso, das muss er auch gewusst haben, ohne dass Sie hier herumschnüffeln. Ich meine, es ist ziemlich offensichtlich, würden Sie nicht auch sagen?«

Wir drehten uns weiter im Kreis und erreichten nichts. Ich weiß nicht, was ich zu erreichen gehofft hatte oder warum ich die fünfhundert Dollar von Broadfield überhaupt angenommen hatte. Jemand hatte Portia Carr sehr viel ernsthafter eingeschüchtert, als es mir jemals gelingen würde, trotz all der Schlauheit, mit der ich mir Zugang zu ihrem Apartment verschafft hatte. In der Zwischenzeit sprachen wir vergeblich miteinander, und wir wussten beide, dass es vergeblich war.

»Das ist albern«, sagte sie an einem Punkt. »Ich werde mir noch einen Drink machen. Leisten Sie mir Gesellschaft?«

Mich verlangte sehr nach einem Drink. »Ich verzichte«, sagte ich.

Sie streifte mich auf dem Weg in die Küche. Ich roch einen kräftigen Hauch eines Parfüms, das ich nicht kannte. Ich beschloss, dass ich es erkennen würde, wenn ich es das nächste Mal roch. Sie kam mit einem Drink in der Hand zurück und setzte sich wieder auf die Couch. »Albern«, wiederholte sie. »Warum kommen Sie nicht her und setzen sich neben mich und wir sprechen über etwas anderes. Oder über gar nichts.«

»Sie könnten in Schwierigkeiten geraten, Portia.«

Auf ihrem Gesicht zeichnete sich Beunruhigung ab. »Das dürfen Sie nicht sagen.«

»Sie begeben sich geradewegs in Schwierigkeiten. Sie sind ein großes, starkes Mädchen, aber es könnte sich herausstellen, dass Sie nicht so stark sind, wie Sie gedacht hatten.«

»Wollen Sie mir drohen? Nein, das war keine Drohung, oder?«

Ich schüttelte den Kopf. »Sie müssen sich wegen mir keine Sorgen machen. Aber Sie haben auch ohne mich genug Sorgen.«

Sie senkte die Augen. »Ich bin es so leid, stark zu sein«, sagte sie. »Ich bin gut darin, müssen Sie wissen.«

»Da bin ich mir sicher.«

»Aber es ist ermüdend.«

»Vielleicht könnte ich Ihnen helfen.«

»Ich glaube nicht, dass das irgendjemand könnte.«

»So?«

Sie musterte mich kurz, dann senkte sie die Augen. Sie erhob sich und ging durch das Zimmer zum Fenster. Ich hätte ihr folgen können. Es war etwas an ihrer Haltung, das andeutete, dass sie es erwartete. Aber ich blieb, wo ich war.

Sie sagte: »Da ist etwas zwischen uns, oder?«

»Ja.«

»Aber es geht im Augenblick nicht. Der Zeitpunkt ist falsch.« Sie blickte aus dem Fenster. »Im Augenblick kann keiner von uns dem anderen etwas Gutes tun.«

Ich schwieg.

»Sie sollten jetzt besser gehen.«

»In Ordnung.«

»Es ist so schön draußen. Die Sonne, die Frische der Luft.« Sie drehte sich um, um mich anzublicken. »Mögen Sie diese Jahreszeit?«

»Ja. Sehr sogar.«

»Es ist meine Lieblingszeit, denke ich. Oktober, November, die beste Zeit des Jahres. Aber auch die traurigste, meinen Sie nicht auch?«

»Traurig? Warum?«

»Oh, sehr traurig«, sagte sie. »Weil der Winter kommt.«

Kapitel 2

Auf dem Weg nach draußen gab ich dem Portier den Generalschlüssel zurück. Er schien jetzt auch nicht glücklicher zu sein, obwohl ich nun das Gebäude verließ. Ich ging rüber ins Johnny Joyce's in der 2nd Avenue und setzte mich in eine Nische. Die Mittagsmeute war fast völlig abgezogen. Diejenigen, die noch geblieben waren, hatten wahrscheinlich schon ein oder zwei Martinis zu viel intus und würden es vermutlich nicht mehr zurück ins Büro schaffen. Ich aß einen Hamburger und trank eine Flasche Harp, dann genehmigte ich mir zu meinem Kaffee ein paar Bourbons.

Ich wählte Broadfields Nummer. Es klingelte eine Zeitlang, ohne dass jemand abhob. Ich ging zurück in meine Nische, trank noch einen Bourbon und dachte über ein paar Dinge nach. Es gab Fragen, die ich nicht beantworten konnte. Warum hatte ich Portia Carrs Angebot eines Drinks ausgeschlagen, obwohl es mich so sehr nach einem verlangt hatte? Und warum (wenn das nicht eine andere Version derselben Frage war) hatte ich Portia Carr selbst ausgeschlagen?

Ich führte das Nachdenken in der Actors' Chapel von St. Malachy's in der West 49th Street fort. Die Kapelle befindet sich im Untergeschoss, ein großer, dezenter Raum, der ein gewisses Maß an Ruhe und Frieden bietet, wie sie ansonsten mitten im Herzen des Theaterviertels um den Broadway schwer zu finden sind. Ich nahm am Gang Platz und ließ meine Gedanken schweifen.

Eine Schauspielerin, die ich vor langer Zeit gekannt hatte, erzählte mir einmal, dass sie an jedem Tag, an dem sie nicht arbeitete, St. Malachy's aufsuchte. »*Ich frage mich, ob es etwas ausmacht, dass ich keine Katholikin bin,*

Matt. Ich denke nicht. Ich spreche mein kleines Gebet, zünde meine kleine Kerze an und bete um Arbeit. Ich frage mich, ob es hilft oder nicht. Denkst du, dass es okay ist, Gott um eine vernünftige Rolle zu bitten?«

Ich saß fast eine Stunde lang dort und ließ mir verschiedene Sachen durch den Kopf gehen. Auf dem Weg nach draußen steckte ich ein paar Dollar in die Almosenbüchse und zündete ein paar Kerzen an. Ich sprach keine Gebete.

Den größten Teil des Abends verbrachte ich im Polly's Cage gegenüber von meinem Hotel. Chuck stand hinter dem Tresen und war in guter Stimmung, so sehr, dass jede zweite Runde auf Kosten des Hauses ging. Ich hatte meinen Klienten am Spätnachmittag erreicht und ihm eine kurze Zusammenfassung meines Gesprächs mit Portia Carr gegeben. Er hatte mich gefragt, was ich nun tun würde, und ich hatte ihm gesagt, dass ich mir das erst überlegen müsste. Ich würde mich wieder bei ihm melden, wenn es etwas gäbe, das für ihn wichtig wäre. An diesem Abend ergab sich nichts in dieser Hinsicht, weshalb ich ihn nicht anrufen musste. Ich hatte auch keinen Grund, jemand anderen anzurufen. In meinem Hotel hatte ich eine Nachricht für mich vorgefunden: Anita hatte sich gemeldet und wollte, dass ich sie zurückrief, aber es war nicht die Art von Abend, an dem ich mit meiner Ex-Frau sprechen wollte. Ich blieb im Polly's und leerte mein Glas jedes Mal, wenn Chuck nachschenkte.

Gegen halb zwölf kamen ein paar junge Leute und fingen an, die Jukebox ununterbrochen Country und Western spielen zu lassen. Normalerweise kann ich das genauso gut ertragen wie irgendetwas anderes, aber aus irgendeinem Grund war es nicht das, was ich in diesem Moment hören wollte. Ich bezahlte meine Rechnung und ging um die Ecke ins Armstrong's. Dort hatte Don das Radio auf WNCN eingestellt. Es lief Mozart, und es waren so wenige Leute in der Kneipe, dass man tatsächlich die Musik hören konnte.

»Der Sender wurde verkauft«, sagte Don. »Die neuen Besitzer wollen auf ein Rock-Pop-Format umstellen. Noch ein Rockradio ist genau das, was der Stadt noch gefehlt hat.«

»Die Dinge werden immer schlechter.«

»Dagegen kann ich nicht argumentieren. Es gibt eine Protestbewegung, die sie dazu zwingen will, weiterhin klassische Musik zu spielen. Ich denke nicht, dass das irgendwas bringen wird. Du etwa?«

Ich schüttelte den Kopf. »Nichts bringt jemals irgendetwas.«

»Nun, du bist heute Abend ja in ausgesprochen guter Stimmung. Ich freue mich, dass du dich entschlossen hast, hier Licht und Freude zu verbreiten, anstatt dich in deinem Hotelzimmer einzuigeln.«

Ich schüttete Bourbon in meinen Kaffee und rührte ihn um. Ich *hatte* miese Laune und ich wusste nicht wirklich, warum. Es ist schlimm genug, wenn man weiß, was einen drückt. Wenn die Dämonen, von denen man geplagt wird, unsichtbar sind, ist es noch viel schwieriger, mit ihnen zu kämpfen.

Es war ein seltsamer Traum.

Ich träume nicht oft. Alkohol hat den Effekt, dass man auf tieferer Ebene schläft, unter der, auf der sich Träume ereignen. Ich habe gehört, dass das Delirium tremens durch das Beharren der Psyche auf der Möglichkeit des Träumens verursacht wird; weil man nicht in der Lage ist zu träumen, wenn man schläft, hat man welche, wenn man aufwacht. Aber ich hatte bislang noch kein Delirium tremens und ich bin dankbar für meinen normalerweise traumlosen Schlaf. Es gab eine Zeit, zu der das an sich schon ein ausreichendes Argument für das Trinken gewesen war.

Aber in dieser Nacht träumte ich und der Traum erschien mir seltsam. Sie kam darin vor. Portia, hochgewachsen und beeindruckend schön, mit ihrer tiefen Stimme und ihrem vornehmen englischen Akzent. Wir saßen beieinander und sprachen, sie und ich, aber nicht in ihrem Apartment. Wir waren auf einem Polizeirevier. Ich weiß nicht, um welches Revier es sich handelte, aber ich kann mich erinnern, dass ich mich zu Hause fühlte, also war es vielleicht ein Ort, an dem ich einmal gearbeitet hatte. Uniformierte Polizisten spazierten herum und Bürger erstatteten Anzeigen; alle Statisten in meinem Traum spielten die Rollen, die sie in derartigen Szenen in Kriminalfilmen spielen.

Wir befanden uns im Zentrum von all dem, Portia und ich, und wir waren nackt. Wir wollten miteinander schlafen, aber wir mussten zuerst etwas durch unser Gespräch herausfinden. Ich kann mich nicht erinnern, was wir herausfinden wollten, aber unser Gespräch ging immer weiter, es wurde immer gegenstandsloser, und wir kamen dem Schlafzimmer nicht näher, und dann klingelte das Telefon und Portia hob ab und meldete sich mit der Stimme, die sie auf dem Anrufbeantworter hatte.

Nur, dass es nicht aufhörte zu läuten.

Mein Telefon, natürlich. Ich hatte sein Klingeln in meinen Traum eingebaut. Wenn es mich nicht durch sein Läuten aufgeweckt hätte, hätte ich den Traum vermutlich ganz vergessen. Stattdessen schüttelte ich den Schlaf ab, während ich mich von den Resten des Traums löste. Ich tastete nach dem Telefon und führte den Hörer an mein Ohr.

»Hallo?«

»Matt, es tut mir leid, falls ich Sie aufgeweckt habe. Ich–«

»Wer ist da?«

»Jerry. Jerry Broadfield.«

Ich lege normalerweise meine Uhr auf den Nachttisch, wenn ich zu Bett gehe. Ich tastete nach ihr, konnte sie aber nicht finden. Ich sagte: »Broadfield?«

»Ich vermute, Sie haben geschlafen. Hören Sie zu, Matt–«

»Wie spät ist es?«

»Ein paar Minuten nach sechs. Ich habe–«

»Herrgott!«

»Matt, sind Sie wach?«

»Ja, verdammt, ich bin wach. Herrgott. Ich hab gesagt, dass Sie mich anrufen können, aber ich hab nicht gesagt, dass Sie mich mitten in der Nacht anrufen können.«

»Hören Sie zu, es ist ein Notfall. Lassen Sie mich ausreden, ja?« Nun fiel mir erstmals die Anspannung in seiner Stimme auf. Sie musste die ganze Zeit über dagewesen sein, aber ich hatte sie nicht bemerkt. »Es tut mir leid, dass ich Sie aufgeweckt habe«, sagte er, »aber ich habe endlich die Möglichkeit bekommen zu telefonieren und ich weiß nicht, wie lange man mich lässt. Lassen Sie mich einfach eine Minute lang reden.«

»Wo zum Teufel sind Sie?«

»Im Städtischen Männergefängnis.«

»Im Tombs?«

»Richtig, im Tombs.« Er sprach jetzt schnell, als wollte er alles loswerden, bevor ich ihn noch einmal unterbrechen konnte. »Sie haben auf mich gewartet. In der Wohnung. In der Barrow Street, dort haben sie auf mich gewartet. Ich bin gegen halb drei nach Hause gekommen und sie haben auf mich gewartet, und das ist die erste Gelegenheit für einen Anruf, die ich bekommen habe. Sobald ich mit Ihnen gesprochen habe, werde ich einen Anwalt anrufen. Aber ich werde mehr brauchen als einen Anwalt, Matt. Die Karten sind so gezinkt, dass es unmöglich sein wird, vor den Geschworenen zu bestehen. Die haben mich an den Eiern.«

»Wovon sprechen Sie?«

»Portia.«

»Was ist mit ihr?«

»Jemand hat sie letzte Nacht umgebracht. Sie erwürgt oder so, sie in meine Wohnung verfrachtet und dann den Cops einen Tipp gegeben. Ich kenne die Einzelheiten nicht. Sie haben mich deshalb verhaftet. Matt, ich war es nicht.«

Ich schwieg.

Seine Stimme wurde höher, er war fast hysterisch. »Ich war es nicht. Warum sollte ich die Fotze umbringen? Und sie in meiner Wohnung liegenlassen? Es ergibt keinen Sinn, Matt, aber es muss keinen Sinn ergeben, weil die ganze verdammte Sache ein abgekartetes Spiel ist und sie dafür sorgen können, dass man es glaubt. Matt, sie werden dafür sorgen, dass man es glaubt.«

»Immer mit der Ruhe, Broadfield.«

Stille. Ich stellte mir vor, wie er auf die Zähne biss und sich dazu zwang, seine Emotionen wieder unter Kontrolle zu bringen wie ein Tiertrainer, der seine Peitsche vor einem Käfig voller Löwen und Tiger knallen lässt. »Okay«, sagte er. Seine Stimme war jetzt wieder klar. »Ich bin erschöpft und es fängt an, mich fertigzumachen. Matt, ich werde in dieser Sache Hilfe brauchen. Von Ihnen, Matt. Ich kann Ihnen so viel zahlen, wie Sie möchten.«

Ich sagte ihm, dass er mir eine Minute Zeit geben sollte. Ich hatte vielleicht drei Stunden geschlafen und war langsam wach genug, um zu bemerken, wie beschissen ich mich fühlte. Ich legte den Hörer ab und ging ins Badezimmer, um mir kaltes Wasser ins Gesicht zu klatschen. Ich achtete darauf, nicht in den Spiegel zu gucken, denn ich konnte mir gut vorstellen, wie das Gesicht, das mich anstarren würde, aussehen würde. Es gab noch etwa zwei Fingerbreit Bourbon in der Einliterflasche auf der Kommode. Ich nahm einen Schluck direkt aus der Flasche, schauderte, setzte mich wieder auf das Bett und nahm den Hörer in die Hand.

Ich fragte ihn, ob man ihn offiziell verhaftet hatte.

»Gerade vorhin. Wegen Mord. Nachdem sie mich verhaftet hatten, konnten sie mir das Telefonieren nicht länger verbieten. Wissen Sie, was die getan haben? Sie haben mich über meine Rechte aufgeklärt, als sie mich verhaftet haben. Der ganze Sermon, *Miranda-Escobedo*, was denken Sie, wie oft ich diese verdammte kleine Standardrede schon irgendwelchen verfickten Verbrechern vorgetragen habe? Und sie haben sie mir Wort für Wort vorgelesen.«

»Haben Sie einen Anwalt, den Sie anrufen können?«

»Ja. Der Typ soll gut sein, aber er wird es niemals allein schaffen können.«

»Nun, ich weiß nicht, was ich für Sie tun kann.«

»Können Sie herkommen? Nicht jetzt, ich darf jetzt keine Besucher haben. Bleiben Sie mal kurz dran.« Er musste sich vom Telefon abgewandt haben, aber ich konnte hören, wie er jemanden fragte, wann er Besucher haben durfte. »Zehn Uhr«, sagte er mir. »Können Sie zwischen zehn und zwölf herkommen?«

»Ich denke schon.«

»Es gibt eine Menge Dinge, die ich Ihnen sagen muss, Matt. Aber das geht nicht am Telefon.«

Ich sagte ihm, dass ich ihn irgendwann nach zehn besuchen würde. Ich legte den Hörer auf und gönnte mir einen weiteren kleinen Schluck aus der Bourbonflasche. Mein Kopf schmerzte dumpf und ich vermutete, dass Bourbon in diesem Fall vielleicht nicht die beste Medizin war, aber mir fiel nichts Besseres ein. Ich legte mich wieder ins Bett und deckte mich zu. Ich benötigte Schlaf und wusste, dass ich keinen bekommen würde, aber zumindest konnte ich für ein oder zwei Stunden in horizontaler Stellung bleiben und mich ein wenig ausruhen.

Dann erinnerte ich mich an den Traum, aus dem ich durch Broadfields Anruf herausgerissen worden war. Ich erinnerte mich. Er lief klar und deutlich vor meinem inneren Auge ab und ich begann zu zittern.

Kapitel 3

Es hatte zwei Tage zuvor begonnen, an einem frischkalten Dienstagnachmittag. Ich fing den Tag im Armstrong's mit meinem üblichen Balanceakt aus Kaffee und Bourbon an: Kaffee, um die Dinge zu beschleunigen, und Bourbon, um sie zu verlangsamen. Ich las gerade die *Post* und war so sehr in das, was ich las, vertieft, dass ich es nicht einmal bemerkte, als er den Stuhl mir gegenüber zurückzog und sich darauf niederließ. Dann räusperte er sich und ich blickte zu ihm auf.

Er war ein kleiner Kerl mit dichten schwarzen Locken. Die Backen waren eingefallen, die Stirn sehr ausgeprägt. Er hatte einen Ziegenbart, aber die Oberlippe war sauber rasiert. Seine Augen, vergrößert durch eine dicke Brille, waren dunkelbraun und sehr lebhaft.

Er sagte: »Beschäftigt, Matt?«

»Nicht wirklich.«

»Ich wollte mal kurz mit dir reden.«

»Klar.«

Ich kannte ihn zwar, aber nicht sonderlich gut. Er hieß Douglas Fuhrmann und war Stammgast im Armstrong's. Er trank nicht übermäßig viel, aber er neigte dazu, vier- oder fünfmal in der Woche vorbeizuschauen, manchmal mit einer Freundin, manchmal allein. Für gewöhnlich gönnte er sich ein Bier und sprach eine Zeitlang über Sport, Politik oder was auch immer als Gesprächsthema gerade angesagt war. Soweit ich wusste, war er Autor, wobei ich nie gehört hatte, dass er über seine Bücher sprach. Aber offensichtlich lief es gut genug für ihn und er musste keiner festen Arbeit nachgehen.

Ich fragte ihn, was er auf dem Herzen hatte.

»Ein Bekannter von mir möchte dich treffen, Matt.«

»Oh?«

»Ich denke, dass er dich anheuern will.«

»Bring ihn her.«

»Das ist nicht möglich.«

»Oh?«

Er fing an, etwas zu sagen, dann unterbrach er sich, weil Trina auf dem Weg zu uns war, um zu fragen, was er trinken wollte. Er bestellte ein Bier und dann saßen wir verlegen, während sie das Bier holen ging, es brachte und wieder wegging.

Schließlich sagte er: »Es ist kompliziert. Er kann sich nicht in der Öffentlichkeit zeigen. Er, nun, er versteckt sich.«

»Wer ist er?«

»Das ist vertraulich.« Ich blickte ihn an. »Nun, okay. Wenn das die *Post* von heute ist, hast du vielleicht über ihn gelesen. Wahrscheinlich hast du sowieso was über ihn gelesen, denn in den letzten paar Wochen stand sein Name in allen Zeitungen.«

»Wie heißt er?«

»Jerry Broadfield.«

»Was du nicht sagst.«

»Er sitzt auf heißen Kohlen«, sagte Fuhrmann. »Seit ihn die Engländerin angezeigt hat, hält er sich versteckt. Aber er kann sich nicht für immer verstecken.«

»Wo versteckt er sich?«

»In einer Wohnung, die er hat. Er will, dass du ihn dort aufsuchst.«

»Wo ist sie?«

»Im Village.«

Ich hob meine Kaffeetasse hoch und blickte in sie hinein, als würde sie mir etwas sagen wollen. »Warum ich?«, fragte ich. »Was denkt er, kann ich für ihn tun? Ich verstehe es nicht.«

»Er will, dass ich dich hinbringe«, sagte Fuhrmann. »Du kannst dir dabei etwas Geld verdienen, Matt. Wie sieht's aus?«

*   *   *

Wir fuhren mit dem Taxi die 9th Avenue hinab und hielten dann in der Barrow Street bei der Kreuzung zur Bedford Street. Ich ließ Fuhrmann das Taxi bezahlen. Wir betraten den Windfang eines vierstöckigen Gebäudes, in dem es keinen Fahrstuhl gab. Bei mehr als der Hälfte der Klingeln fehlten die Namensschilder. Entweder wurde das Haus in Vorbereitung eines Abrisses geräumt oder Broadfields Nachbarn teilten sein Bedürfnis nach Anonymität. Fuhrmann drückte eine der unbeschrifteten Klingeln, drückte den Knopf dreimal, wartete, drückte einmal, dann wieder dreimal.

»Es ist ein Code«, sagte er.

»Wenn zu Land, eine, wenn zu Wasser, zwei.«

»Hä?«

»Vergiss es.«

Ein Summen war zu hören und er schob die Tür auf. »Du gehst hoch«, sagte er. »Apartment D im zweiten Stock.«

»Kommst du nicht mit?«

»Er will mit dir allein reden.«

Ich war halb die Treppe in den ersten Stock hoch, bevor mir in den Sinn kam, dass das ein reizender Weg war, mir eine Falle zu stellen. Fuhrmann war verschwunden und es war unmöglich zu wissen, was mich in Wohnung 3D erwarten würde. Aber mir fiel niemand ein, der einen besonders guten Grund hatte, mir etwas anzutun. Ich hielt auf der Hälfte des Wegs an, um darüber nachzudenken. Meine Neugier kämpfte erfolgreich gegen den vernünftigeren Wunsch, umzukehren, nach Hause zu gehen und mich von der Sache fernzuhalten. Ich ging weiter die Treppe hoch bis in den zweiten Stock und klopfte drei-eins-drei an die entsprechende Tür. Sie wurde geöffnet fast bevor ich das Klopfen beendet hatte.

Er sah genauso aus wie auf den Fotos. Die waren in den letzten paar Wochen in allen Zeitungen gewesen – seit er begonnen hatte, Abner Prejanians Ermittlungen zur Korruption in der Polizeibehörde New Yorks zu unterstützen. Aber die Zeitungsfotos gaben einem keine Vorstellung von seiner Größe. Er war locker eins dreiundneunzig groß und auch dementsprechend gebaut: breite Schultern, breite Brust. Sein Bauchumfang schien ebenfalls zuzunehmen; er war jetzt Anfang dreißig, in weiteren zehn Jahren würde er weitere zwanzig oder fünfundzwanzig Kilo zugelegt haben, und dann würde er jeden Zentimeter seiner Körpergröße brauchen, um sie gut zu tragen.

Wenn er weitere zehn Jahre lebte.

Er sagte: »Wo ist Doug?«

»Er hat sich unten an der Tür verabschiedet. Hat gesagt, dass Sie mich allein sprechen wollen.«

»Richtig, aber das Klopfen? Ich dachte, dass er es wäre.«

»Ich habe den Code geknackt.«

»Hä? Oh.« Er grinste plötzlich und es erhellte wirklich den Raum. Er hatte viele Zähne und er zeigte sie mir, aber das Grinsen bewirkte noch mehr. Es erhellte sein gesamtes Gesicht. »Also, Sie sind Matt Scudder«, sagte er. »Kommen Sie rein, Matt. Es ist nicht sehr viel, aber es ist besser als eine Gefängniszelle.«

»Kann man Sie ins Gefängnis stecken?«

»Man kann es versuchen. Und man ist verdammt noch mal dabei, es zu versuchen.«

»Was haben die gegen Sie in der Hand?«

»Sie haben eine verrückte englische Fotze, die von jemandem unter Druck gesetzt wird. Wie viel wissen Sie über das, was vor sich geht?«

»Nur das, was ich in den Zeitungen gelesen habe.«

Und ich hatte sie nicht sonderlich aufmerksam gelesen. Ich wusste, dass er Jerome Broadfield hieß und ein Cop war. Er war seit einem Dutzend Jahren bei der Polizei. Vor sechs oder sieben Jahren war er Zivilbeamter geworden, und ein paar Jahre später hatte er es zum Detective dritten Grades gebracht, was er seitdem geblieben war. Dann hatte er vor ein paar Wochen seine Polizeimarke in eine Schublade geworfen und angefangen, Prejanian dabei zu helfen, das NYPD auf den Kopf zu stellen.

Ich stand herum, während er die Tür verriegelte, und nahm eine Einschätzung der Wohnung vor. Sie sah aus, als hätte der Vermieter sie möbliert vermietet, und nichts an ihr gab irgendwelche Hinweise auf die Natur ihres Bewohners.

»Die Zeitungen«, sagte er. »Nun, sie kommen der Sache nahe. Sie behaupten, dass Portia Carr eine Hure ist. Nun, damit haben sie Recht. Sie behaupten, dass ich sie gekannt habe. Das ist auch wahr.«

»Und sie behaupten, dass Sie sie erpresst haben.«

»Falsch. Sie behaupten, dass sie behauptet, dass ich sie erpresst habe.«

»Haben Sie?«

»Nein. Hier, setzen Sie sich, Matt. Machen Sie es sich gemütlich. Wie wär's mit einem Drink?«

»In Ordnung.«

»Ich habe Scotch, ich habe Wodka, ich habe Bourbon und ich denke, es gibt noch ein bisschen Brandy.«

»Bourbon ist okay.«

»Mit Eis? Oder Wasser?«

»Einfach pur.«

Er machte die Drinks. Bourbon pur für mich, einen großen Scotch mit Soda für sich. Ich nahm auf einem getufteten grünen Sofa Platz und er setzte sich in einen dazu passenden Klubsessel. Ich nippte am Bourbon. Er zog eine Packung Winstons aus der Brusttasche seiner Anzugjacke und bot mir eine an. Ich schüttelte den Kopf und er zündete sich selbst eine Zigarette an. Das Feuerzeug, das er benutzte, war ein Dunhill, entweder vergoldet oder aus reinem Gold. Der Anzug sah maßgeschneidert aus und das Hemd war zweifellos eine Maßanfertigung: Sein Monogramm zierte die Brusttasche.

Wir blickten uns über unsere Drinks hinweg an. Er hatte ein großes Gesicht mit kantigem Kinn und buschigen Brauen über blauen Augen. Eine der Brauen wurde durch eine alte Narbe zweigeteilt. Sein Haar war sandfarben und nur einen Hauch zu kurz, um aggressiv modisch zu sein. Das Gesicht sah offen und ehrlich aus, aber nachdem ich es eine Zeitlang studiert hatte, entschied ich, dass es sich nur um eine Pose handelte. Er verstand es, sein Gesicht zu seinem Vorteil einzusetzen.

Er beobachtete den Rauch, der von seiner Zigarette aufstieg, als hätte der ihm etwas mitzuteilen. Er sagte: »Die Zeitungen präsentieren ein ziemlich schlechtes Bild von mir, oder? Ein Klugscheißer-Cop, der die ganze Polizeibehörde anscheißt, und dann stellt sich heraus, dass er selbst eine arme kleine Nutte schröpft. Zum Teufel, Sie waren selbst ein Cop. Für wie lange?«

»Ungefähr fünfzehn Jahre.«

»Also wissen Sie, wie das mit den Zeitungen ist. Die Presse kriegt nicht immer alles richtig hin. Ihr Geschäft besteht darin, so viel Auflage wie möglich zu verkaufen.«

»Und?«

»Und wenn Sie die Zeitung lesen, dürften sie einen von zwei Eindrücken von mir bekommen. Entweder bin ich ein Gauner, den das Büro des Sonderstaatsanwalts im Klammergriff hat, oder ich bin auf irgendeine Art bekloppt.«

»Was ist richtig?«

Er ließ ein Lächeln aufblitzen. »Nichts von beiden. Herrgott, ich war für fast dreizehn Jahre bei der Polizei. Mir ist nicht erst gestern aufgefallen, dass ein paar Kerle ab und zu ein oder zwei Dollar einstecken. Und niemand hatte irgendetwas gegen mich in der Hand. Prejanians Büro hat das wiederholt bestritten. Sie haben gesagt, dass ich freiwillig kooperiere, dass ich ungebeten zu ihnen gekommen bin, die ganze Nummer. Hören Sie, Matt, das sind auch nur Menschen. Wenn es ihnen gelungen wäre, mir eine Falle zu stellen und mich umzudrehen, dann würden sie damit prahlen und es nicht abstreiten. Aber was sie sagen, läuft darauf hinaus, dass ich einfach hereinspaziert bin und ihnen alles auf dem Silbertablett serviert habe.«

»Und?«

»Und das ist die Wahrheit. Das ist alles.«

Hielt er mich für einen Priester? Es kümmerte mich nicht, ob er ein Bekloppter oder ein Gauner war oder beides oder weder noch. Ich wollte mir seine Beichte nicht anhören. Er hatte mich herbringen lassen, vermutlich aus einem bestimmten Grund, und nun rechtfertigte er sich vor mir.

Niemand muss sich vor mir rechtfertigen. Ich habe genug Schwierigkeiten damit, mich vor mir selbst zu rechtfertigen.

»Matt, ich habe ein Problem.«

»Sie haben gesagt, dass man nichts gegen Sie in der Hand hat.«

»Diese Portia Carr. Sie behauptet, dass ich sie erpresst habe. Dass ich einhundert Dollar pro Woche verlangt habe, damit ich sie nicht hochgehen lasse.«

»Aber das ist nicht wahr.«

»Nein, ist es nicht.«

»Also kann sie es nicht beweisen.«

»Nein. Sie kann gar nichts beweisen.«

»Was ist dann das Problem?«

»Sie behauptet auch, dass ich sie gevögelt habe.«

»Oh.«

»Ja. Ich weiß nicht, ob sie diesen Teil beweisen kann, aber, zum Teufel, es stimmt. Es war keine große Sache, müssen Sie wissen. Ich war nie ein Heiliger. Und jetzt sind die Zeitungen voll damit und es gibt diese Erpressungsscheiße, und plötzlich weiß ich nicht mehr, wo mir der Kopf steht. Meine Ehe stand sowieso auf wackeligen Beinen, und alles, was meine Frau braucht, ist, dass ihre Bekannten und Verwandten Geschichten darüber lesen, wie ich es mit dieser englischen Fotze treibe. Sind Sie verheiratet, Matt?«

»Nicht mehr.«

»Geschieden? Haben Sie Kinder?«

»Zwei Jungs.«

»Ich habe zwei Mädchen und einen Jungen.« Er nippte an seinem Drink, klopfte Asche von seiner Zigarette. »Ich weiß nicht, vielleicht gefällt es Ihnen, geschieden zu sein. Ich brauche das jedenfalls absolut nicht. Und die Anzeige wegen Erpressung, die macht mich fertig. Ich habe Angst davor, diese verdammte Wohnung zu verlassen.«

»Wem gehört sie eigentlich? Ich dachte immer, dass Fuhrmann in meiner Nachbarschaft wohnt.«

»Er wohnt in den westlichen Fünfziger Straßen. Ist das Ihr Viertel?« Ich nickte. »Nun, diese Wohnung ist meine, Matt. Ich habe sie seit etwas mehr als einem Jahr gemietet. Ich hab ein Haus draußen in Forest Hills, aber ich dachte mir, dass es nett wäre, einen Platz in der Stadt zu haben, falls ich mal einen brauchen sollte.«

»Wer weiß von dieser Wohnung?«

»Niemand.« Er beugte sich vor und drückte die Zigarette aus. »Es gibt diese Anekdote aus der Politik«, sagte er. »Dieser eine Kandidat, die Umfragen zeigen, dass er in Schwierigkeiten steckt, sein Gegner macht ihn fertig. Also sagt sein Wahlkampfmanager: ›Okay, wir werden Folgendes tun, wir werden eine Geschichte über ihn verbreiten. Wir werden allen erzählen, dass er es mit Schweinen treibt.‹ Und der Kandidat fragt, ob es wahr ist, und der Wahlkampfmanager verneint. ›Also lassen wir ihn es abstreiten‹, sagt er. ›Wir lassen ihn es abstreiten.‹«

»Ich kann Ihnen folgen.«

»Wenn man genug Dreck wirft, bleibt etwas davon kleben. Irgendein verdammter Cop setzt Portia unter Druck, das ist, was los ist. Er will, dass ich aufhöre, mit Prejanian zusammenzuarbeiten, und im Gegenzug wird sie die Anzeige zurückziehen. Darum dreht sich alles.«

»Wissen Sie, wer dahintersteckt?«

»Nein. Aber ich kann die Sache mit Abner nicht abbrechen. Und ich will, dass die Anzeige verschwindet. Vor Gericht kann man mir nichts anhaben, aber darum geht es nicht. Selbst wenn die Angelegenheit nicht vor Gericht kommt, wird es eine interne Untersuchung geben. Nur, dass dann überhaupt nichts untersucht werden wird, weil man ja schon weiß, zu welchem Ergebnis man kommen will. Man wird mich sofort suspendieren und schließlich wird man mich rauswerfen.«

»Ich dachte, Sie hätten den Dienst quittiert.«

Er schüttelte den Kopf. »Warum sollte ich den Dienst quittieren, um Himmels Willen? Ich hab schon mehr als zwölf Jahre auf dem Buckel, fast schon dreizehn. Warum sollte ich jetzt gehen? Ich hab mich freistellen lassen, als ich mich entschlossen habe, mit Prejanian Kontakt aufzunehmen. Man kann nicht im aktiven Dienst sein und gleichzeitig mit dem Sonderstaatsanwalt zusammenarbeiten. Es gäbe zu viele Möglichkeiten, mich zu schikanieren. Aber ich hab niemals auch nur darüber nachgedacht, meinen Abschied einzureichen. Wenn das alles vorbei ist, erwarte ich, wieder Dienst zu tun.«

Ich blickte ihn an. Wenn er den letzten Satz ernst gemeint hatte, war er sehr viel dümmer, als er aussah oder tat. Ich wusste nicht, weshalb er Prejanian unterstützte, aber ich wusste, dass er, was den Polizeidienst anbetraf, für den Rest seines Lebens erledigt war. Er hatte sich selbst zu einem Unberührbaren gemacht und er würde das Zeichen dieser Kaste tragen, solange er lebte. Es spielte keine Rolle, ob die Untersuchung das NYPD auf den Kopf stellte oder nicht. Es spielte keine Rolle, wer in den vorzeitigen Ruhestand gezwungen wurde oder wer im Knast landete. Nichts davon spielte eine Rolle. Jeder Polizist im Dienst, sauber oder mit Dreck am

Stecken, ehrlich oder korrupt, würde Jerome Broadfield für den Rest seines Lebens für ein niederträchtiges Arschloch halten.

Und er musste das wissen. Er hatte selbst für mehr als zwölf Jahre eine Polizeimarke getragen.

Ich sagte: »Ich verstehe nicht, was ich damit zu tun habe.«

»Soll ich nachschenken, Matt?«

»Nein, danke. Was habe *ich* damit zu tun, Broadfield?«

Er legte den Kopf in den Nacken, kniff die Augen zusammen. »Das ist einfach«, sagte er. »Sie waren ein Cop, also wissen Sie, was man tun muss. Und jetzt sind Sie ein Privatdetektiv, also können sie nach Belieben handeln. Und–«

»Ich bin kein Privatdetektiv.«

»Das hat man mir aber gesagt.«

»Detektive legen komplizierte Prüfungen ab, um eine Lizenz zu bekommen. Sie verlangen ein festes Honorar, führen Buch und füllen Einkommenssteuererklärungen aus. Ich mache nichts von all dem. Manchmal erledige ich gewisse Dinge für gewisse Freunde. Aus Gefälligkeit. Und manchmal geben sie mir Geld. Aus Gefälligkeit.«

Er legte wieder den Kopf in den Nacken, dann nickte er nachdenklich, als wollte er sagen, er habe gewusst, dass es einen Dreh gab, und war nun froh zu wissen, worum es sich dabei handelte. Denn jeder war auf seinen persönlichen Vorteil aus, und das hier war meiner, und er war schlau genug, es zu schätzen zu wissen. Schließlich war er auch auf seinen persönlichen Vorteil aus.

Wenn er auf seinen persönlichen Vorteil aus war, was zum Teufel machte er dann mit Abner Prejanian?

»Nun«, sagte er. »Privatdetektiv oder nicht, Sie könnten mir einen Gefallen tun. Sie könnten Portia aufsuchen, um herauszufinden, wie sehr sie in diese Sache verwickelt sein möchte. Sie könnten herausfinden, womit man sie unter Druck setzt und wie wir diesen Druck beseitigen können. Ein großer Schritt wäre zu wissen, wer sie dazu gebracht hat, die Anzeige zu erstatten. Wenn wir den Namen des Hurensohns erfahren würden, könnten wir uns überlegen, wie wir mit ihm fertigwerden.«

Er redete noch in dieser Richtung weiter, aber ich schenkte ihm nicht allzu viel Beachtung. Als er sich unterbrach, um Atem zu holen, sagte ich: »Man will, dass Sie den Kontakt zu Prejanian abbrechen. Aus der Stadt verschwinden, aufhören zu kooperieren und so weiter.«

»Das muss die Absicht dahinter sein.«

»Und warum machen Sie das dann nicht einfach?«

Er starrte mich an. »Wollen Sie mich auf den Arm nehmen?«

»Warum haben Sie sich überhaupt mit Prejanian eingelassen?«

»Das ist meine Sache, Matt, denken Sie nicht auch? Ich heure Sie an, damit Sie etwas für mich erledigen.« Vielleicht hörten sich seine Worte für ihn etwas zu scharf an. Er versuchte, sie mit einem Lächeln abzuschwächen. »Zum Teufel, Matt, es ist ja nicht so, dass Sie mein Geburtsdatum kennen und wissen müssen, wie viel Kleingeld ich in der Tasche habe, um mir zu helfen. Oder?«

»Prejanian hatte nichts gegen Sie in der Hand. Sie sind einfach von selbst dort aufgetaucht und haben ihm gesagt, dass sie Informationen hätten, die das ganze NYPD ins Wanken bringen würden.«

»Das ist richtig.«

»Und es ist ja nicht so, dass Sie die letzten zwölf Jahre über Scheuklappen getragen hätten. Sie sind kein Unschuldslamm.«

»Ich?« Ein breites Grinsen mit vielen Zähnen. »Wohl kaum, Matt.«

»Dann verstehe ich es nicht. Was ist ihr persönlicher Vorteil?«

»Muss ich auf einen persönlichen Vorteil aus sein?«

»Sie haben niemals einen Schritt getan, ohne auf ihren persönlichen Vorteil zu achten.«

Er dachte darüber nach und beschloss, mir die Behauptung nicht übelzunehmen. Stattdessen gluckste er. »Und Sie müssen meinen persönlichen Vorteil kennen, Matt?«

»Mhm.«

Er nahm einen Schluck von seinem Drink und dachte darüber nach. Ich hoffte fast, dass er mir sagen würde, ich solle verschwinden. Ich wollte weggehen und ihn für immer vergessen. Er war ein Mann, den ich niemals in etwas verwickelt sehen wollte, das ich nicht verstand. Ich wollte wirklich nicht in irgendwelche von seinen Problemen mit hineingezogen werden.

Dann sagte er: »Gerade Sie sollten derjenige sein, der mich versteht.«

Ich schwieg.

»Sie waren fünfzehn Jahre bei der Polizei, Matt. Richtig? Und Sie wurden befördert, es lief gut für Sie, also wussten Sie, wie es läuft. Sie müssen ein Typ gewesen sein, der sich an die Regeln hielt. Habe ich recht?«

»Sprechen Sie weiter.«

»Also hatten Sie fünfzehn Jahre hinter sich und noch fünf vor sich, bis sie ausgesorgt hatten, und Sie haben alles hingeworfen. Sie waren in derselben Lage wie ich, oder? Man kommt an den Punkt, an dem man es nicht mehr erträgt. Die Korruption, die Erpressungen, das Schmiergeld. Es geht einem an die Nieren. In Ihrem Fall haben Sie einfach Ihre Sachen gepackt und sind ausgestiegen. Das kann ich respektieren. Glauben Sie mir, ich kann es respektieren. Ich habe es selbst in Erwägung gezogen, aber dann habe ich entschieden, dass das nicht genug für mich wäre. Die Vorgehensweise wäre nicht richtig für mich, ich konnte mich nicht einfach von etwas verabschieden, mit dem ich zwölf Jahre zugebracht habe.«

»Fast dreizehn.«

»Hä?«

»Nichts. Was wollten Sie sagen?«

»Ich wollte sagen, dass ich mich nicht einfach umdrehen und davonlaufen konnte. Ich musste etwas tun, um es besser zu machen. Nicht ganz und gar besser, aber vielleicht ein kleines bisschen besser, und das bedeutet, dass ein paar Köpfe rollen müssen, und das tut mir leid, aber es muss sein.« Ein breites Grinsen, plötzlich und beunruhigend auf einem Gesicht, das so sehr damit beschäftigt gewesen war, aufrichtig zu wirken. »Hören Sie, Matt, ich bin kein verdammter Heiliger. Ich habe meine Beweggründe, Sie haben mir das unterstellt und es stimmt. Ich weiß von Dingen, die Abner kaum glauben kann. Ein absolut ehrlicher Kerl wird davon nie etwas zu hören bekommen, weil die Schlaumeier die Schnauze halten, sobald er den Raum betritt. Aber ein Kerl wie ich bekommt die Gelegenheit, alles zu hören.« Er beugte sich vor. »Ich sage Ihnen etwas. Vielleicht wissen Sie das nicht, vielleicht war es damals noch nicht ganz so schlimm, als Sie noch eine Polizeimarke getragen haben. Aber diese ganze verdammte Stadt ist käuflich. Man kann den ganzen Polizeiapparat kaufen. Selbst bei Mord.«

»Davon habe ich noch nie gehört.« Was nicht ganz der Wahrheit entsprach. Ich hatte davon gehört, ich hatte es nur nie geglaubt.

»Nicht jeder Cop, Matt. Wohl kaum. Aber ich weiß von zwei Fällen – das sind zwei, wo ich es ganz sicher weiß –, bei denen Kerle mit dem Schwanz auf dem Hackblock wegen Mord festgenommen wurden und sich freikaufen konnten. Und Drogen, Scheiße, ich muss Ihnen nichts von Drogen erzählen. Das ist ein offenes Geheimnis. Jeder größere Dealer hat ein paar Tausend in einer besonderen Tasche. Er geht nicht ohne sie aus dem Haus. Man nennt es Spaziergeld – man drückt es dem Cop, der einen schnappt, in die Hand und er lässt einen davonspazieren.«

War das schon immer so gewesen? Mir schien es nicht so. Es hatte immer Cops gegeben, die Geld nahmen; einige, die wenig nahmen, und andere, die viel nahmen, einige, die nicht nein sagten, wenn ihnen leicht verdientes Geld angeboten wurde, und andere, die tatsächlich loszogen, um sich welches zu verschaffen. Aber es gab auch Dinge, die nie jemand gemacht hätte. Niemand nahm Geld von Mördern und niemand nahm Geld von Dealern.

Aber die Dinge ändern sich.

»Also hatten Sie es einfach satt«, sagte ich.

»Das ist richtig. Und Sie sind die letzte Person, der ich das erklären muss.«

»Ich habe nicht wegen der Korruption den Dienst quittiert.«

»So? Mein Fehler.«

Ich stand auf und ging dorthin, wo er die Bourbonflasche stehengelassen hatte. Ich schenkte mir nach und trank die Hälfte davon. Noch im Stehen sagte ich: »Die Korruption hat mich nie sonderlich gestört. Sie hat eine Menge Essen auf den Tisch meiner Familie gebracht.« Ich sprach zu gleichen Teilen zu mir selbst und zu Broadfield. Er interessierte sich nicht wirklich dafür, warum ich den Dienst quittiert hatte, ebenso wenig wie ich mich dafür interessierte, ob er den wahren Grund kannte oder nicht. »Ich hab genommen, was mir angeboten wurde. Ich bin nicht mit ausgestreckter Hand herumgelaufen und hab auch niemals jemandem erlaubt, sich von etwas freizukaufen, das ich als ernstes Verbrechen betrachtete. Aber es gab nie eine Woche, in der wir nur von dem lebten, was mir die Stadt bezahlt hat.« Ich trank mein Glas aus. »Sie streichen eine Menge ein. Die Stadt hat diesen Anzug jedenfalls nicht bezahlt.«

»Keine Frage.« Wieder dieses Grinsen. Mir gefiel das Grinsen nicht sonderlich. »Ich habe viel eingestrichen, Matt. Darüber gibt es nichts zu diskutieren. Aber für uns alle gibt es gewisse Grenzen, oder? Überhaupt, warum haben Sie es hingeschmissen?«

»Mir hat die Arbeitszeit nicht gefallen.«

»Im Ernst.«

»Das ist ernst genug.«

Das war alles, was ich ihm darüber sagen wollte. Womöglich kannte er die ganze Geschichte bereits, oder welche Version auch immer man sich heutzutage davon erzählte.

Was passiert war, war relativ einfach. Vor ein paar Jahren hatte ich mir ein paar Drinks in einer Bar in Washington Heights gegönnt. Es war nach Dienstschluss gewesen und ich hatte das Recht gehabt zu trinken, wenn mir danach war, und in dieser Bar hatten Cops auf Kosten des Hauses trinken dürfen, was vermutlich ein Beispiel für Polizeikorruption darstellte, mir aber niemals schlaflose Nächte bereitet hatte.

Dann hatten zwei junge Typen den Laden überfallen und auf dem Weg nach draußen den Barkeeper erschossen. Ich hatte sie die Straße hinab verfolgt und mit meinem Dienstrevolver auf sie geschossen. Ich hatte einen der Hurensöhne erschossen und den anderen zum Krüppel gemacht, aber eine Kugel war nicht dort gelandet, wo sie sollte. Sie war zum Querschläger geworden und hatte ein siebenjähriges Mädchen namens Estrellita Rivera ins Auge getroffen. Durch das Auge ging die Kugel ins Gehirn und Estrellita Rivera war gestorben, und mit ihr ein großer Teil von mir.

Es hatte eine innerpolizeiliche Untersuchung gegeben, die damit endete, dass ich komplett entlastet wurde. Ich hatte sogar eine Belobigung erhalten, und kurz darauf hatte ich den Dienst quittiert, mich von Anita getrennt und war in das Hotel in der 57th Street gezogen. Ich weiß nicht, wie das alles zusammenhing, oder *ob* es alles zusammenhing, aber es schien darauf hinauszulaufen, dass ich es einfach nicht mehr genießen konnte, ein Cop zu sein. Aber das alles ging Jerry Broadfield nichts an, und er würde es nicht von mir hören.

Deshalb sagte ich: »Ich weiß wirklich nicht, was ich für Sie tun kann.«

»Sie können mehr tun als ich selbst. Sie sind nicht in dieser beschissenen Wohnung eingeschlossen.«

»Wer bringt Ihnen Essen?«

»Essen? Oh. Ich gehe raus, um was zu essen und so. Aber nicht viel und nicht oft. Und ich passe auf, dass mich niemand beobachtet, wenn ich das Gebäude verlasse oder zurückkomme.«

»Früher oder später wird Sie jemand bemerken.«

»Zum Teufel, das weiß ich.« Er zündete sich eine weitere Zigarette an. Das goldene Dunhill-Feuerzeug war nur ein flaches Stück Metall, verloren in seiner großen Hand. »Ich versuche nur, ein paar Tage Zeit zu gewinnen«, sagte er. »Darum geht es jetzt. Sie war gestern groß und breit in allen Zeitungen. Seitdem bin ich hier. Ich denke, wenn ich Glück habe, kann ich in einer ruhigen Nachbarschaft wie dieser hier bis zum Ende der Woche durchhalten. Bis dahin haben Sie vielleicht Portias Zündschnur abgeklemmt.«

»Oder ich kann gar nichts erreichen.«

»Werden Sie es versuchen, Matt?«

Ich wollte es nicht wirklich. Ich hatte wenig Geld, aber das bereitete mir keine allzu großen Sorgen. Es war Monatsanfang und meine Miete war bis zum Ende des Monats bezahlt, und ich hatte genug Bargeld für Bourbon und Kaffee, mit ein bisschen extra für Luxus wie Essen.

Mir gefiel der große, eingebildete Hurensohn nicht. Aber das war kein Hinderungsgrund. Tatsächlich ziehe ich es in der Regel vor, für Leute zu arbeiten, die ich weder mag noch respektiere. Dann tut es mir weniger weh, wenn ich mein Geld nicht wert bin.

Deshalb spielte es keine Rolle, dass ich Broadfield nicht mochte. Oder dass ich nicht glaubte, dass mehr als zwanzig Prozent von dem, was er gesagt hatte, der Wahrheit entsprach. Und ich wusste nicht einmal, welche zwanzig Prozent ich glauben sollte.

Der letzte Punkt war womöglich der ausschlaggebende. Weil ich offenbar herausfinden wollte, was bei Jerome Broadfield der Wahrheit entsprach und was nicht. Und warum er mit Abner Prejanian ins Bett gestiegen war, wie genau Portia Carr ins Bild passte, wer ihm eine Falle gestellt hatte und wie und warum. Ich weiß nicht, warum ich das alles wissen wollte, aber offenbar wollte ich es wissen.

»Okay«, sagte ich.

»Sie werden es versuchen?«

Ich nickte.

»Sie werden Geld wollen.«

Ich nickte noch einmal.

»Wie viel?«

Ich weiß nie, wie ich den Preis festlegen soll. Es hörte sich nicht so an, als würde die Sache allzu viel Zeit in Anspruch nehmen – entweder würde ich einen Weg finden, ihm zu helfen, oder nicht, und in beiden Fällen würde es sich bald genug herausstellen. Aber ich wollte mich auch nicht zu billig verkaufen. Weil ich ihn nicht mochte. Weil er aalglatt war und teure Kleidung trug und seine Zigaretten mit einem goldenen Dunhill anzündete.

»Fünfhundert Dollar.«

Er dachte, dass sich das ziemlich saftig anhörte. Ich erklärte ihm, dass er sich jemand anderen suchen konnte, wenn er wollte. Er beeilte sich, mir zu versichern, dass er nichts Derartiges gemeint hatte, und er nahm eine Geldbörse aus seiner inneren Brusttasche und zählte Zwanziger und Fünfziger ab.

»Ich hoffe, Sie haben nichts gegen Bargeld«, sagte er.

Ich sagte ihm, dass Bargeld in Ordnung ginge.

»Nur wenige Leute haben etwas gegen Bargeld«, sagte er und schenkte mir wieder dieses Grinsen. Ich saß ein oder zwei Minuten lang nur da und blickte ihn an. Dann beugte ich mich vor und nahm das Geld.

Kapitel 4

Der offizielle Name ist Städtisches Männergefängnis von Manhattan, aber ich denke nicht, dass ich jemals gehört habe, wie jemand diesen Namen gebraucht hat. Jeder nennt es das Tombs. Ich weiß nicht, warum. Aber der Name passt irgendwie zu dem verwaschenen, heruntergekommenen, ausgebrannten Eindruck, den das Gebäude und seine Bewohner machen.

Es befindet sich in der White Street bei der Kreuzung mit der Centre Street, sehr günstig gelegen zum Polizeipräsidium und dem Gerichtsgebäude. Von Zeit zu Zeit erscheint es in den Zeitungen und den Fernsehnachrichten, weil es einen Aufruhr gibt. Dann wird die Bürgerschaft mit einem Bericht über die entsetzlichen Zustände dort bedacht, eine Menge guter Menschen unterschreibt Petitionen, jemand ordnet eine Untersuchungskommission an, ein Haufen von Politikern lädt zu Pressekonferenzen ein, die Wärter verlangen eine Gehaltserhöhung, und nach ein paar Wochen ist alles wieder in Vergessenheit geraten.

Ich denke nicht, dass es viel schlimmer ist als die meisten anderen städtischen Gefängnisse. Die Selbstmordrate ist hoch, aber das ist zum Teil ein Resultat der Neigung männlicher Puerto Ricaner zwischen achtzehn und fünfundzwanzig, sich in ihren Zellen ohne besonderen Grund aufzuhängen – solange man Puerto Ricaner sein und sich in einer Zelle befinden nicht als ausreichenden Grund betrachtet, sich umzubringen. Schwarze und Weiße in dieser Altersgruppe und in dieser Lage bringen sich ebenfalls um, aber unter Puerto Ricanern ist die Rate sehr viel höher, und in New York gibt es mehr von ihnen als in den meisten anderen Städten.

Ein weiterer Umstand, der die Rate steigert, ist, dass es den Wärtern im

Tombs keinen Schlaf rauben würde, wenn jeder Puerto Ricaner in Amerika von den Deckenleuchten baumeln würde.

Ich erreichte das Tombs gegen halb elf, nachdem ich ein paar Stunden damit zugebracht hatte, nicht wirklich wieder einzuschlafen und auch nicht völlig aufzuwachen. Ich hatte gefrühstückt und sowohl die *Times* als auch die *News* gelesen, ohne irgendetwas sehr Aufregendes über Broadfield oder die junge Frau, die er umgebracht haben sollte, zu erfahren. In der *News* schrieben sie zumindest darüber, und natürlich hatten sie der Geschichte die Schlagzeile gewidmet, ebenso wie einen großen Artikel auf der dritten Seite. Wenn ich der Zeitung Glauben schenken sollte, war Portia Carr nicht erwürgt worden, sondern jemand hatte ihr mit einem schweren Gegenstand den Schädel eingeschlagen und ihr dann mit einem scharfen Gegenstand ins Herz gestochen.

Broadfield hatte am Telefon gesagt, er denke, man hätte sie erwürgt. Was bedeutete, dass er sich entweder besonders schlau anstellen wollte, dass er falsche Informationen bekommen hatte oder dass die *News* einfach nur Mist schrieb.

Das war so ungefähr alles, was die *News* zu bieten hatte, wahr oder unwahr. Der Rest waren Hintergrundinformationen. Aber selbst so waren sie der *Times* voraus – in deren Spätausgabe gab es keine einzige Zeile zu dem Mord.

Man ließ mich ihn in seiner Zelle besuchen. Er trug einen karierten Windowpane-Anzug, hellblau auf marineblau, darunter ein anderes maßgeschneidertes Hemd. Man darf seine eigene Kleidung anbehalten, solange man in Untersuchungshaft sitzt. Wenn man im Tombs eine Strafe verbüßt, muss man die einheitliche Gefängniskleidung tragen. In Broadfields Fall würde das nicht passieren, denn falls man ihn verurteilte, würde er in den Norden des Bundesstaats ins Sing Sing, nach Dannemora oder nach Attica geschickt werden. Man sitzt nicht für Mord im Tombs ein.

Ein Wärter öffnete die Zellentür und schloss mich mit Broadfield ein. Wir blickten einander an, ohne etwas zu sagen, bis wir annahmen, dass der

Wärter außer Hörweite war. Dann sagte er: »Herrgott! Sie sind gekommen.«

»Ich habe gesagt, dass ich kommen würde.«

»Ja, aber ich wusste nicht, ob ich Ihnen glauben soll oder nicht. Wenn man um sich blickt und feststellt, dass man in einer Gefängniszelle eingesperrt ist, dass einem etwas passiert, von dem man nie geglaubt hätte, dass es einem passieren könnte, Scheiße, Matt, dann weiß man nicht mehr, was man überhaupt glauben soll.« Er holte eine Packung Zigaretten aus der Tasche und hielt sie mir hin. Ich schüttelte den Kopf. Er zündete sich selbst eine Zigarette mit dem goldenen Feuerzeug an, dann wog er das Feuerzeug in der Hand. »Das haben sie mir gelassen«, sagte er. »Hat mich überrascht. Ich hätte nicht gedacht, dass man ein Feuerzeug oder Streichhölzer behalten darf.«

»Vielleicht vertrauen sie Ihnen.«

»Ja, klar.« Er deutete auf das Bett. »Ich würde Ihnen gerne einen Stuhl anbieten, aber man hat mir keinen gegeben. Sie können sich auf das Bett setzen. Natürlich besteht die Möglichkeit, dass darin kleine Kriechviecher hausen.«

»Es macht mir nichts aus zu stehen.«

»Ja, mir auch nicht. Es wird ein echtes Vergnügen werden, heute Nacht in diesem Bett zu schlafen. Warum konnten mir die Ärsche nicht zumindest einen Stuhl geben? Wissen Sie, man hat mir die Krawatte abgenommen.«

»Ich vermute, das ist die übliche Vorgehensweise.«

»Zweifellos. Ich hatte einen Vorteil, müssen Sie wissen. In dem Moment, in dem ich durch die Tür kam, wusste ich, dass ich in einer Zelle landen würde. Zu dem Zeitpunkt wusste ich noch nichts von Portia, dass sie in der Wohnung war, dass sie tot war, nichts von all dem. Aber in dem Augenblick, als ich die Kerle sah, wusste ich, dass man mich wegen der Anzeige verhaften würde. Verstehen Sie? Deshalb habe ich, während sie mir Fragen gestellt haben, das Sakko ausgezogen, bin aus der Hose geschlüpft, hab die Schuhe ausgezogen. Wissen Sie, warum?«

»Warum?«

»Weil sie erlauben müssen, dass man sich anzieht. Wenn man schon fertig angezogen ist, können sie einen einfach so mitnehmen, aber wenn man es nicht ist, müssen sie einen erst einmal etwas anziehen lassen. Sie können einen nicht in Unterwäsche aufs Präsidium zerren. Also durfte ich mich anziehen und ich habe einen Anzug mit gürtelloser Hose gewählt.« Er öffnete das Sakko, damit ich mich überzeugen konnte. »Und Slipper. Sehen Sie?« Er zog ein Hosenbein hoch, um einen marineblauen Schuh zu zeigen. Das Leder sah nach Eidechse aus. »Ich wusste, dass sie mir den Gürtel und die Schnürsenkel abnehmen würden. Deshalb habe ich Kleidung gewählt, bei der man weder Gürtel noch Schnürsenkel braucht.«

»Aber Sie haben eine Krawatte getragen.«

Er schenkte mir wieder das altbekannte Grinsen. Ich bekam es zum ersten Mal an diesem Morgen zu sehen. »Verdammt richtig. Und wissen Sie, warum?«

»Warum?«

»Weil ich hier rauskommen werde. Sie werden mir helfen, Matt. Ich war es nicht und Sie werden einen Weg finden, das zu beweisen, und so sehr man es hassen wird, man wird mich gehen lassen müssen. Und wenn es so weit ist, wird man mir meine Uhr und meine Geldbörse zurückgeben, und ich werde die Uhr anlegen und die Geldbörse in meine Tasche stecken. Und man wird mir meine Krawatte geben und ich werde mich vor einen Spiegel stellen und mir Zeit nehmen, den Knoten genau richtig hinzubekommen. Vielleicht binde ich mir die Krawatte drei- oder viermal um, bis der Knoten genau so sitzt, wie ich es mag. Und dann werde ich durch den Haupteingang herausspazieren und diese Steintreppen hinuntergehen und aussehen wie eine Million Dollar. Das ist der Grund, weshalb ich die verdammte Krawatte getragen habe.«

Die Rede tat ihm vermutlich gut. Wenn schon sonst nichts, so erinnerte sie ihn zumindest daran, dass er Klasse hatte, dass er ein Kerl mit Stil war, und das war ein nützliches Selbstbild für jemanden, der sich in einer Zelle befand. Er straffte die breiten Schultern und ließ den jämmerlichen Ton des Selbstmitleids aus seiner Stimme verschwinden. Ich zog mein Notizbuch aus der Tasche und stellte ihm ein paar Fragen. Die Antworten waren gar nicht so schlecht, aber sie trugen kaum etwas dazu bei, ihn vom Haken zu bekommen.

Nicht lange, nachdem ich ihn angerufen hatte, war er weggegangen, um sich etwas zu essen zu kaufen. Er hatte sich in einem Deli in der Grove Street ein Sandwich und ein paar Flaschen Bier gekauft und sie in seine Wohnung geschleppt. Dann hatte er zu Hause gesessen, hatte Radio gehört und Bier getrunken, bis kurz vor Mitternacht das Telefon wieder geklingelt hatte.

»Ich dachte, dass Sie es wären«, sagte er. »Niemand ruft mich dort an. Die Nummer steht nicht im Telefonbuch. Ich dachte, Sie wären es.«

Aber es war eine Stimme, die er nicht erkannte. Eine männliche Stimme und sie hörte sich an, als sei sie absichtlich verstellt. Der Anrufer sagte, er könne Portia Carr dazu bringen, ihre Meinung zu ändern und die Anzeige zurückzuziehen. Broadfield solle sofort in eine Kneipe in der Ovington Avenue im Stadtviertel Bay Ridge in Brooklyn kommen. Er solle sich an die Bar setzen und Bier trinken, bis ihn jemand ansprechen würde.

»Um Sie aus der Wohnung zu locken«, sagte ich. »Vielleicht waren die zu schlau. Wenn Sie beweisen können, dass Sie in der Kneipe waren, und wenn es von der Zeit her hinhaut–«

»Da war keine Kneipe, Matt.«

»Hä?«

»Ich hätte es von vorneherein besser wissen sollen, als mich auf den Weg zu machen. Aber ich dachte mir, was habe ich zu verlieren, richtig? Wenn sie mich verhaften wollten und bereits von meiner Wohnung wussten, dann müssten sie nicht zu solchen Tricks greifen, oder? Also bin ich mit der U-Bahn nach Bay Ridge gefahren und hab die Ovington Avenue gesucht. Kennen Sie sich in Brooklyn aus?«

»Nicht sehr gut.«

»Ich auch nicht. Ich hab die Ovington gefunden und diese Kneipe war nicht dort, wo sie sein sollte, also hab ich mir gedacht, dass ich was durcheinandergebracht hatte. Ich hab in den Gelben Seiten für Brooklyn nachgeschlagen und dort war sie nicht aufgeführt, aber ich hab trotzdem weitergesucht, müssen Sie wissen, und schließlich hab ich es aufgegeben und bin zurück nach Hause gefahren. Zu diesem Zeitpunkt dachte ich mir zwar schon, dass man mich in irgendeine Falle locken wollte, aber ich hatte immer noch keine Ahnung, in was für eine. Dann betrete ich meine Wohnung und sie ist voller Cops, und dann stellt sich heraus, dass Portia unter einem Tuch in der Ecke liegt, und das war der Grund, weshalb irgend so ein Hurensohn wollte, dass ich in Bay Ridge meinem eigenen Schwanz hinterherjage. Aber es gibt keinen Barkeeper, der beschwören könnte, dass ich dort war, denn es gibt keine Kneipe namens High Pocket Lounge. Es gibt ein paar andere Kneipen, die ich aufgesucht habe, als ich dort war, aber ich könnte Ihnen die Namen nicht nennen. Und es würde überhaupt nichts beweisen.«

»Vielleicht würde einer der Barkeeper Sie wiedererkennen.«

»Und sich sicher sein, was die Uhrzeit anbelangt? Selbst dann würde es nichts beweisen, Matt. Ich bin in beide Richtungen mit der U-Bahn gefahren, und die U-Bahn ist langsam. Nehmen wir an, ich hätte ein Taxi genommen, um mir ein Alibi zu verschaffen. Zum Teufel, selbst so wie die Züge fahren, hätte ich Portia in meiner Wohnung gegen halb zwölf umbringen können, bevor ich losgegangen bin, um nach Bay Ridge zu fahren. Nur, dass sie nicht in meiner Wohnung war, als ich gegangen bin. Nur, dass ich sie nicht getötet habe.«

»Wer dann?«

»Das ist ziemlich offensichtlich, oder etwa nicht? Jemand, der will, dass ich wegen Mord eingesperrt werde, damit ich nicht über das gute alte NYPD auspacken kann. Und wer würde so etwas gerne sehen? Wer würde einen Grund für so etwas haben?«

Ich blickte ihn eine Minute lang an, dann ließ ich die Augen zur Seite wandern. Ich fragte ihn, wer von der Wohnung wusste.

»Niemand.«

»Das ist Schwachsinn. Doug Fuhrmann wusste davon – er hat mich dorthin gebracht. Ich wusste davon. Ich kannte auch die Telefonnummer, weil Sie sie mir gegeben haben. Kennt Fuhrmann die Nummer?«

»Ich denke schon. Ja, ich bin mir ziemlich sicher.«

»Wie sind Sie und Doug so dicke Freunde geworden?«

»Er hat mich einmal interviewt, Hintergrundinformationen für ein

Buch, das er damals schrieb. Wir sind gute Saufkumpane geworden. Warum?«

»Ich habe mich nur gefragt. Wer wusste sonst noch von der Wohnung? Ihre Frau?«

»Diana? Zum Teufel, nein. Sie wusste, dass ich von Zeit zu Zeit über Nacht in der Stadt bleiben muss, aber ich habe ihr gesagt, dass ich in Hotels schlafe. Sie ist die letzte Person, der ich etwas von der Wohnung erzählen würde. Wenn ein Mann seiner Frau erzählt, dass er eine zusätzliche Wohnung gemietet hat, kann das für sie nur eine Sache bedeuten.« Er grinste wieder, so unvermittelt wie immer. »Das Witzige daran ist, dass ich die verdammte Wohnung vor allem deshalb gemietet habe, um einen Platz zum Schlafen zu haben, wenn ich das wollte. Einen Ort, an dem ich Wechselkleidung hatte und so. Was das Abschleppen von Weibern in die Wohnung betrifft, das habe ich kaum getan. Normalerweise hatten sie eine eigene Wohnung.«

»Aber Sie haben Frauen mit dorthin genommen?«

»Ab und zu. Wenn ich eine verheiratete Frau in einer Bar getroffen habe, in solchen Fällen. Die meisten von ihnen haben meinen Namen nie erfahren.«

»Wen sonst haben Sie mit dorthin genommen, der Ihren Namen kennen könnte? Portia Carr?«

Er zögerte, was so gut war wie eine Antwort. »Sie hatte ihr eigenes Apartment.«

»Aber Sie haben sie auch in die Wohnung in der Barrow Street mitgenommen.«

»Nur ein- oder zweimal. Aber sie würde mich nicht von dort weglocken, dann hineinschleichen und sich selbst umbringen, oder?«

Ich ließ es auf sich beruhen. Er versuchte, darüber nachzudenken, wer sonst noch von der Wohnung wissen konnte, und kam zu keinem Ergebnis. Und soweit er wusste, waren nur Fuhrmann und ich darüber informiert, dass er sich in der Wohnung versteckt hielt.

»Aber jeder, der von der Wohnung wusste, könnte es vermutet haben, Matt. Alles, was sie tun mussten, war, den Hörer abzunehmen und einen Versuch zu wagen. Und jeder hätte etwas über die Wohnung herausfinden können, indem er in einer Bar mit einer Schnalle sprach, an die ich mich vielleicht nicht einmal mehr erinnern kann. ›Oh, ich wette, der Hurensohn hält sich in seiner Wohnung versteckt‹ – und schon weiß jemand Neues von der Wohnung.«

»Wusste Prejanians Team über die Wohnung Bescheid?«

»Warum zum Teufel sollten die darüber Bescheid wissen?«

»Haben Sie mit denen gesprochen, nachdem Carr Sie angezeigt hatte?«

Er schüttelte den Kopf. »Wozu? In dem Augenblick, in dem die Geschichte in den Zeitungen stand, war ich für den Hurensohn gestorben. Es wäre sinnlos gewesen, ihn um Hilfe zu bitten. Alles, was dieser Saubermann will, ist, als erster Armenier zum Gouverneur des Staates New York gewählt zu werden. Er hatte schon die ganze Zeit über Albany im Auge. Er wäre nicht der erste Kerl, der es auf der Basis seines Rufs als Verbrechensbekämpfer den Hudson River hoch schafft.«

»Mir würde vermutlich auch jemand einfallen.«

»Das überrascht mich nicht. Nein, wenn ich Portia dazu gebracht hätte, ihre Version der Geschichte zu ändern, hätte Prejanian mich freudig empfangen. Jetzt wird sie ihre Version nicht mehr ändern können und er wird nie im Leben versuchen, was Gutes für mich zu tun. Vielleicht wäre ich mit Hardesty besser dran gewesen.«

»Hardesty?«

»Knox Hardesty. U.S. Bezirksstaatsanwalt. Zumindest ist er bundesstaatlich. Er ist auch ein ambitionierter Hurensohn, aber vielleicht könnte er mehr für mich tun als Prejanian.«

»Was hat Hardesty mit der Sache zu tun?«

»Nichts.« Er ging zu dem schmalen Bett und setzte sich. Er zündete sich noch eine Zigarette an und atmete eine Rauchwolke aus. »Man hat mich eine Stange Zigaretten mitbringen lassen«, sagte er. »Ich tippe, wenn man schon im Knast sitzen muss, könnte es schlimmer sein.«

»Warum haben Sie Hardesty erwähnt?«

»Ich hatte darüber nachdacht, mich an ihn zu wenden. Um genau zu sein, ich hab einen Vorstoß bei ihm unternommen, aber er war nicht interessiert. Er befasst sich mit städtischer Korruption, aber nur im Zusammenhang mit Politik. Polizeikorruption interessiert ihn nicht.«

»Also hat er Sie zu Prejanian geschickt.«

»Machen Sie Witze?« Er schien verblüfft zu sein, dass ich etwas Derartiges vermuten konnte. »Prejanian ist Republikaner«, sagte er. »Hardesty ist Demokrat. Sie wollen beide Gouverneur werden und es könnte sein, dass sie in ein paar Jahren direkt gegeneinander antreten. Denken Sie, dass Hardesty irgendetwas zu Prejanian schicken würde? Hardesty hat mir mehr oder weniger gesagt, dass ich ihm den Buckel runterrutschen soll. Zu Abner zu gehen war meine eigene Idee.«

»Und Sie sind zu ihm gegangen, weil Sie die Korruption keinen Augenblick länger ertragen konnten.«

Er blickte mich an. »Das ist als Grund so gut wie jeder andere«, sage er ruhig.

»Wenn Sie meinen.«

»Ich meine es.« Seine Nasenlöcher blähten sich. »Welchen Unterschied macht es, warum ich zu Prejanian gegangen bin? Er will jetzt nichts mehr mit mir zu tun haben. Wer auch immer mich hereingelegt hat, hat erreicht, was er wollte. Solange Sie keinen Weg finden, die Sache ins Reine zu bringen.« Er war nun wieder auf den Beinen und gestikulierte mit den Zigaretten. »Sie müssen herausfinden, wer mich hereingelegt hat und wie es gemacht wurde, denn anders bekomme ich den Kopf nicht aus der Schlinge. Ich könnte vor Gericht freigesprochen werden, aber dann würde trotzdem immer ein Schatten über mir hängen. Die Leute würden annehmen, dass ich vor Gericht einfach Glück hatte. Wie viele Leute fallen Ihnen ein, die wegen Kapitalverbrechen angeklagt wurden und um die eine Menge Aufhebens gemacht wurde? Und bei denen, als sie freigesprochen wurden, Sie und alle anderen doch davon ausgegangen sind, dass sie schuldig waren? Es heißt, mit Mord kommt man nicht ungestraft davon, Matt, aber wie viele Namen von Leuten fallen Ihnen ein, von denen Sie schwören würden, dass sie mit Mord davongekommen sind?«

Ich dachte darüber nach. »Ich könnte ein Dutzend Namen nennen«, sagte ich. »Und das wäre aus dem Stand.«

»Richtig. Und wenn Sie auch die in Betracht ziehen, bei denen Sie denken, dass sie *wahrscheinlich* schuldig waren, könnten Sie sechs Dutzend nennen. All die Typen, die Lee Bailey verteidigt und freibekommt, jeder ist immer davon überzeugt, dass die Schweine schuldig sind. Mehr als einmal habe ich gehört, wie ein Cop gesagt hat: ›Der-und-der muss schuldig sein, warum würde er sich sonst von Bailey verteidigen lassen?‹«

»Den Spruch habe ich auch schon gehört.«

»Natürlich. Mein Anwalt soll gut sein, aber ich brauche mehr als einen Anwalt. Denn ich will mehr als einen Freispruch. Und ich werde von den Cops keinerlei Hilfe bekommen. Diejenigen, die den Fall bekommen haben, lieben ihn so, wie er ist. Nichts bereitet ihnen mehr Freude, als meinen Kopf auf dem Richtblock zu sehen. Warum sollten sie dann weiter suchen? Alles, nach dem sie suchen werden, sind mehr Wege, mich ans Kreuz zu nageln. Und wenn sie irgendetwas finden, das ihre Argumentation schwächt, dreimal dürfen Sie raten, was die dann damit tun werden. Die werden es so tief verscharren, dass es leichter aufzuspüren sein wird, wenn man in China anfängt zu graben.«

Wir gingen noch ein paar Sachen durch und ich schrieb verschiedene Dinge in mein Notizbuch. Ich erhielt seine Adresse in Forest Hills, den Namen seiner Frau, den seines Anwalts und andere Kleinigkeiten. Er ließ sich ein leeres Blatt Papier aus meinem Notizbuch geben, borgte sich meinen Kuli und schrieb eine Bevollmächtigung an seine Frau, dass sie mir zweieinhalb-tausend Dollar geben sollte.

»In bar, Matt. Und es gibt noch mehr Geld, falls das nicht reicht. Geben Sie aus, was Sie ausgeben müssen. Ich unterstütze Sie in jedem Fall. Nur bringen Sie die Sache in Ordnung, damit ich mir die Krawatte umbinden und verdammt noch mal von hier verschwinden kann.«

»Wo kommt all das Geld her?«

Er blickte mich an. »Spielt das eine Rolle?«

»Ich weiß es nicht.«

»Was zum Teufel soll ich sagen? Dass ich es von meinem Gehalt gespart habe? Sie wissen, dass das nicht stimmt. Ich hab Ihnen schon gesagt, dass ich niemals ein Waisenknabe war.«

»Mhm.«

»Spielt es eine Rolle, wo das Geld herkommt?«

Ich dachte darüber nach. »Nein«, sagte ich. »Vermutlich nicht.«

Auf dem Weg zurück durch die Korridore sagte der Wärter zu mir: »Sie waren selbst ein Cop, oder?«

»Eine Zeitlang.«

»Und jetzt arbeiten Sie für den.«

»Das ist richtig.«

»Nun«, sagte er mit Bedacht. »Wir können uns nicht immer aussuchen, für wen wir arbeiten. Ein Mann muss seinen Lebensunterhalt bestreiten.«

»Das ist die Wahrheit.«

Er pfiff leise. Er war Ende fünfzig, hatte Hängebacken und hängende Schultern, Leberflecken auf den Handrücken. Seine Stimme war im Lauf der Jahre von Whiskey und Tabak rau geworden.

»Denken Sie, dass Sie ihn freibekommen werden?«

»Ich bin kein Anwalt. Wenn ich Beweise auftreiben kann, wird ihn sein Anwalt vielleicht raushauen können. Warum?«

»Nur so. Wenn er nicht freikommt, wird er sich wahrscheinlich wünschen, dass wir noch die Todesstrafe hätten.«

»Warum?«

»Er ist ein Cop, oder?«

»Und?«

»Nun, denken Sie mal nach. Im Augenblick sitzt er mutterseelenallein in einer Zelle. Wartet auf die Verhandlung und so, trägt seine eigene Kleidung, leistet sich selbst Gesellschaft. Aber nehmen wir an, er wird verurteilt und hochgeschickt, sagen wir, nach Attica. Und dort ist er in einem Gefängnis, das übervoll ist mit Kriminellen, die absolut nichts für Polizisten übrig haben, und mehr als die Hälfte von denen sind Nigger, die schon mit einem Hass auf die Polizei geboren wurden. Es gibt verschiedene Arten, seine Zeit abzusitzen, aber können Sie sich eine schlimmere Art vorstellen als die, die auf diesen armen Bastard zukommt?«

»Daran hatte ich noch nicht gedacht.«

Der Wärter schnalzte mit der Zunge. »Nun, er wird keine Minute haben, in der er nicht Angst haben muss, dass sich so ein schwarzer Hurensohn mit einem selbstgebastelten Messer auf ihn stürzt. Die klauen die Löffel im Speisesaal und schleifen sie in der Werkstatt ab, müssen Sie wissen. Vor ein paar Jahren hab ich in Attica gearbeitet, ich weiß, wie das dort läuft. Erinnern Sie sich an den großen Aufstand? Als sie Geiseln genommen haben und so? Damals war ich schon nicht mehr dort, aber ich hab zwei der Wärter gekannt, die als Geiseln genommen und getötet wurden. Ist die Hölle auf Erden, dieses Attica. Wenn Ihr Kumpel Broadfield dort landet, hat er Glück, wenn er nach zwei Jahren noch am Leben ist, würde ich sagen.«

Wir gingen den Rest des Wegs schweigend. Als wir dabei waren, uns zu trennen, sagte er: »Am schlimmsten im Knast hat es ein Polizist, der einsitzen muss. Aber ich muss sagen, wenn irgendjemand es verdient hat, dann dieser Bastard.«

»Vielleicht hat er das Mädchen nicht getötet.«

»Oh, Mann«, sagte er. »Wen kümmert es einen Dreck, ob er sie umgebracht hat? Er ist losgegangen und hat seinesgleichen angepisst, oder nicht? Er hat seine Dienstmarke verraten, oder etwa nicht? Diese schmutzige Nutte und wer sie umgebracht hat oder nicht, ist mir scheißegal. Die Ratte da drin verdient, was auch immer sie bekommt.«

Kapitel 5

Ich ging zuerst dorthin, weil es in der Nähe war. Das Tombs ist in der White Street auf Höhe der Centre Street, und Abner Prejanian und seine Musterschüler hatten ihre Büros vier Blocks entfernt in der Worth Street zwischen Church Street und Broadway. Prejanian teilte sich das schmale Gebäude mit gelber Backsteinfassade mit ein paar Buchhaltern, einem Kopierdienst und mehreren Import-Export-Leuten. Im Erdgeschoss befand sich ein Laden, der Schuhe reparierte und Hüte wieder in Form brachte. Ich stieg eine steile Treppe hoch; die Stufen knarrten und es gab viel zu viele davon. Wenn es noch ein Stockwerk höher gewesen wäre, hätte ich wahrscheinlich aufgegeben, hätte mich umgedreht und wäre weggegangen. Aber ich schaffte es bis hoch zu ihm, die Tür stand offen und ich trat ein.

Am Dienstag, nach meinem ersten Treffen mit Jerry Broadfield, hatte ich beim Versuch, Portia Carr zu erreichen, fast zwei Dollar Kleingeld verbraucht. Natürlich nicht alles auf einmal, aber jedes Mal ein Zehn-Cent-Stück. Sie hatte einen Anrufbeantworter, und wenn man von einem öffentlichen Telefon aus mit einem Anrufbeantworter verbunden wird, verliert man normalerweise die Münze. Nur wenn man schnell genug einhängt, wenn man Glück hat und über gute Reflexe verfügt, bekommt man das Zehn-Cent-Stück zurück. Aber je länger sich ein Tag hinzieht, desto seltener kommt das vor.

Wenn ich an diesem Tag meine Zeit nicht damit zugebracht hatte, Kleingeld zu verschwenden, hatte ich es mit mehreren anderen Ansätzen versucht, und bei einem von ihnen hatte ein Mädchen namens Elaine Mardell eine Rolle gespielt. Sie war im selben Metier tätig wie Portia Carr und wohnte in derselben Gegend. Ich hatte Elaine aufgesucht und von ihr ein paar Dinge über Portia erfahren. Nichts aus erster Hand – sie kannte sie nicht persönlich –, aber Klatsch, den sie hin und wieder aufgeschnappt hatte. Dass sich Portia auf die Erfüllung von Sadomasofantasien spezialisiert hatte, dass sie in der letzten Zeit angeblich Kunden abwies und dass sie einen »besonderen Freund« hatte, der berühmt oder berüchtigt oder einflussreich oder sonst etwas war.

Das Mädchen in Prejanians Büro sah Elaine so ähnlich, dass es sich um ihre Schwester hätte handeln können. Sie blickte mich schräg an, und mir wurde klar, dass ich sie anstarrte. Auf den zweiten Blick sah ich, dass sie Elaine doch nicht so sehr glich. Die Ähnlichkeit war vor allem in den Augen zu finden. Sie hatte die gleichen dunklen, tief liegenden jüdischen Augen und sie prägten ihr gesamtes Gesicht auf fast die gleiche Weise.

Sie fragte, ob sie mir helfen könnte. Ich sagte ihr, dass ich mit Mr. Prejanian sprechen wollte, und sie fragte, ob ich einen Termin hatte. Ich räumte ein, keinen zu haben, und sie sagte, er wäre zum Mittagessen außer Haus, ebenso wie der größte Teil seiner Mitarbeiter. Ich beschloss, nicht davon auszugehen, dass sie eine Sekretärin war, nur weil sie eine Frau war, und fing an, ihr zu erzählen, weshalb ich hier war.

»Ich bin nur eine Sekretärin«, sagte sie. »Wollen Sie warten, bis Mr. Prejanian zurückkommt? Oder da wäre Mr. Lorbeer. Ich glaube, er ist in seinem Büro.«

»Wer ist Mr. Lorbeer?«

»Ein Mitarbeiter von Mr. Prejanian.«

Das sagte mir immer noch nicht viel, aber ich bat darum, mit ihm sprechen zu dürfen. Sie lud mich ein, Platz zu nehmen, wobei sie auf einen Klappstuhl aus Holz deutete, der ungefähr so einladend aussah wie das Bett in Broadfields Zelle. Ich blieb stehen.

Ein paar Minuten später saß ich gegenüber von Claude Lorbeer, der sich hinter einem alten Schreibtisch aus Eichenfurnier befand. In meiner Kindheit hatte jedes Klassenzimmer, in dem ich mich jemals aufgehalten hatte, genau so einen Schreibtisch für die Lehrerinnen gehabt. Mit Ausnahme der Sport- und Werklehrer hatte ich nur Lehrerinnen gehabt, aber wenn ich einen männlichen Klassenlehrer gehabt hätte, hätte er vielleicht wie Lorbeer ausgesehen. Lorbeer schien sich hinter dem

Schreibtisch zu Hause zu fühlen. Er hatte kurzes dunkelbraunes Haar und einen schmalen Mund mit tief eingegrabenen Linien an beiden Seiten, die wie zueinander gehörende Klammern wirkten. Seine Hände waren dick mit kurzen, stummeligen Fingern. Sie waren blass und sahen weich aus. Er trug ein weißes Hemd und eine gesetzte kastanienbraune Krawatte; die Hemdsärmel waren hochgerollt. Etwas an ihm gab mir das Gefühl, ich hätte etwas Unrechtes getan, und dass ich keine Ahnung hatte, worum es sich dabei handelte, war überhaupt keine Entschuldigung.

»Mr. Scudder«, sagte er. »Ich vermute, dass Sie der Polizeibeamte sind, mit dem ich heute Morgen am Telefon gesprochen habe. Ich kann nur wiederholen, was ich bereits gesagt habe. Mr. Prejanian hat keine Informationen, die er an die Polizei weitergeben könnte. Jegliche kriminelle Handlung, derer sich Mr. Broadfield schuldig gemacht haben könnte, liegt außerhalb des Bereichs unserer Untersuchung und wir besitzen keinerlei Wissen davon. Wir haben noch nicht mit den Vertretern der Presse gesprochen, werden uns ihnen gegenüber aber in der gleichen Weise äußern. Wir werden es ablehnen, die Angelegenheit zu kommentieren, und betonen, dass Mr. Broadfield aus freiem Willen angeboten hat, uns gewisse Informationen zu verschaffen, dass wir hinsichtlich der von ihm übermittelten Informationen aber noch keinerlei Maßnahmen ergriffen haben. Wir planen auch nicht, dies in Zukunft zu tun, solange Mr. Broadfields rechtliche Stellung noch so unklar ist wie im Moment.«

Er sagte all das, als läse er einen vorab ausgearbeiteten Text vor. Den meisten Menschen bereit es Probleme, in ganzen Sätzen zu sprechen. Lorbeer sprach in ganzen Absätzen, Absätzen mit komplexer Struktur, und während er seine kleine Rede hielt, waren seine blassen Augen auf die Spitze meiner linken Schulter fixiert.

Ich sagte: »Ich denke, Sie haben einen voreiligen Schluss gezogen. Ich bin kein Cop.«

»Sie sind von der Presse? Ich dachte–«

»Ich war mal ein Cop. Ich bin vor ein paar Jahren aus dem Dienst ausgeschieden.«

Sein Gesicht nahm bei dieser Neuigkeit einen interessanten Ausdruck an. Es hatte etwas Berechnendes an sich. Ich bekam das Gefühl eines

Déjà-vu, als ich ihn ansah, und es dauerte eine Minute lang, bis ich es richtig einordnen konnte. Er erinnerte mich an Broadfield bei unserem ersten Gespräch, den Kopf schiefgelegt und das Gesicht verzogen, weil er sich so sehr konzentrierte. Genau wie Broadfield wollte Lorbeer wissen, was mein persönliches Interesse war. Er mochte ein Reformierer sein, er mochte für Herrn Saubermann höchstpersönlich arbeiten, aber auf seine eigene Weise war er ebenso auf den persönlichen Vorteil bedacht wie ein Cop, der auf der Suche nach einer Handreichung ist.

»Ich habe gerade Broadfield besucht«, sagte ich. »Ich arbeite für ihn. Er sagt, dass er diese Carr nicht getötet hat.«

»Natürlich sagt er das, warum sollte er etwas anderes behaupten? Soweit ich weiß, wurde die Leiche in seiner Wohnung gefunden.«

Ich nickte. »Er geht davon aus, dass man ihm bewusst den Mord in die Schuhe schieben will. Er will, dass ich versuche herauszufinden, wer ihn hereingelegt hat.«

»Ich verstehe.« Er war nun etwas weniger an mir interessiert, da sich herausgestellt hatte, dass ich nur einen Mord aufklären wollte. Er hatte gehofft gehabt, dass ich ihm dabei helfen würde, eine ganze Polizeibehörde in den Dreck zu ziehen. »Nun, ich bin mir nicht sicher, wie unser Büro damit in Verbindung stehen könnte.«

»Vielleicht stehen Sie nicht damit in Verbindung. Ich will nur ein vollständigeres Bild bekommen. Ich kenne Broadfield nicht sonderlich gut, ich habe ihn am Dienstag zum ersten Mal getroffen. Er ist ein schwieriger Klient. Ich kann nicht immer sagen, wenn er mich anlügt.«

Die Andeutung eines Lächelns erschien auf Claude Lorbeers Lippen. Es sah dort fehl am Platze aus. »Mir gefällt, wie Sie das formulieren«, sagte er. »Er *ist* ein geschickter Lügner, nicht wahr?«

»Das ist, was schwer zu sagen ist. Wie geschickt ist er und wie oft lügt er? Er behauptet, dass er einfach herkam und Ihnen seine Dienste angeboten hat. Dass Sie ihn nicht dazu zwingen mussten.«

»Das entspricht der Wahrheit.«

»Es ist schwer zu glauben.«

Lorbeer formte aus seinen Fingerspitzen ein Dach. »Nicht schwerer für Sie als für uns«, sagte er. »Broadfield kam einfach hereinspaziert. Er hatte nicht einmal vorher angerufen, um anzukündigen, dass er kommen würde. Wir hatten noch nie von ihm gehört, bevor er hereinplatzte, uns die Welt zu Füßen legte und keinerlei Gegenleistung dafür wollte.«

»Das ergibt keinen Sinn.«

»Das *weiß* ich.« Er beugte sich vor; sein Gesichtsausdruck war nun der großer Konzentration. Ich vermute, er war etwa achtundzwanzig. Sein Auftreten ließ ihn älter wirken, aber wenn er sich anstrengte, fielen die Jahre von ihm ab und man erkannte, wie jung er unter all dem war. »Deshalb ist es so schwer, irgendetwas von dem, was der Mann sagt, Glauben zu schenken, Mr. Scudder. Man kann nicht sehen, welche Motivation er besitzt. Oh, er hat Straffreiheit für alles, wodurch er im Rahmen seiner Enthüllungen belastet werden könnte, aber die gewähren wir automatisch. Darüber hinaus wollte er nichts.«

»Warum ist er dann hergekommen?«

»Ich habe keine Ahnung. Ich werde Ihnen etwas sagen. Ich habe ihm von Anfang an misstraut. Nicht, weil er korrupt ist. Wir haben es die ganze Zeit mit korrupten Beamten zu tun. Wir müssen uns mit Kriminellen abgeben, aber zumindest sind es rationale Kriminelle, und sein Verhalten war irrational. Ich habe Mr. Prejanian gesagt, dass ich Broadfield nicht traue. Ich habe ihm gesagt, dass ich den Eindruck habe, dass er verrückt ist, ein komischer Vogel. Ich wollte absolut nichts mit ihm zu tun haben.«

»Und das haben Sie Prejanian so gesagt.«

»Ja, das habe ich getan. Ich wäre froh gewesen, glauben zu können, dass Broadfield eine Art religiöser Erfahrung gehabt hatte und zu einem völlig neuen Menschen geworden war. Vielleicht kommt so etwas vor. Allerdings nicht sehr häufig, vermute ich.«

»Wahrscheinlich nicht.«

»Aber er hat nicht einmal behauptet, dass so etwas der Fall gewesen war. Er war immer noch der gleiche Mann wie zuvor, zynisch und sorglos und ziemlich raffiniert.« Er seufzte. »Jetzt teilt Mr. Prejanian meine Meinung. Er bereut es, dass wir uns überhaupt mit Broadfield eingelassen haben. Der Mann hat offenbar einen Mord verübt und, oh, sogar schon zuvor gab es die unangenehme öffentliche Aufmerksamkeit aufgrund der Anzeige, die diese Frau gegen ihn erstattet hat. Das könnte uns alles in eine eher unschöne Lage bringen. Wir haben nichts *getan*, wissen Sie, aber die öffentliche Aufmerksamkeit wird kaum zu unserem Vorteil sein.«

Ich nickte. »Zu Broadfield«, sagte ich. »Haben Sie ihn oft getroffen?«

»Nicht sehr oft. Er hat direkt mit Mr. Prejanian gesprochen.«

»Hat er jemals jemanden mit hierher gebracht? Eine Frau?«

»Nein, er war immer allein.«

»Hat Prejanian oder irgendjemand anderes aus diesem Büro ihn jemals woanders getroffen?«

»Nein, er ist immer hierhergekommen.«

»Wissen Sie, wo er seine Wohnung hat?«

»In der Barrow Street, oder?« Ich horchte auf, aber dann sagte er: »Ich wusste nicht einmal, dass er eine Wohnung in New York hat, aber es stand etwas darüber in der Zeitung, oder nicht? Ich denke, sie ist irgendwo in Greenwich Village.«

»Ist jemals Portia Carrs Name gefallen?«

»Das ist die Frau, die er ermordet hat, oder?«

»Das ist die Frau, die ermordet wurde.«

Er brachte ein Lächeln zustande. »Mein Fehler. Ich vermute, man sollte nicht einfach Schlussfolgerungen ziehen, so naheliegend sie auch sein mögen. Nein, ich bin mir sicher, dass ich ihren Namen noch nie gehört hatte, bevor die Sache am Montag in der Zeitung stand.«

Ich zeigte ihm Portias Foto, das ich aus der Ausgabe der *News* herausgerissen hatte. Ich ergänzte das Foto durch eine Beschreibung. Aber er hatte sie noch nie zuvor gesehen.

»Lassen Sie mich sehen, ob ich das alles richtig verstanden habe«, sagte er. »Er hat diese Frau erpresst. Ich denke, es hat sich um hundert Dollar die Woche gehandelt. Und sie hat ihn am Montag bloßgestellt, und letzte Nacht wurde sie in seiner Wohnung ermordet.«

»Sie hat gesagt, dass er sie erpresst hat. Ich habe mit ihr gesprochen, und sie hat mir dieselbe Geschichte erzählt. Ich denke, dass sie gelogen hat.«

»Warum hätte sie lügen sollen?«

»Um Broadfield in Verruf zu bringen.«

Er schien aufrichtig verwundert zu sein. »Aber warum sollte sie so etwas tun? Sie war eine Prostituierte, oder etwa nicht? Warum sollte eine

Prostituierte versuchen, unsere Kampagne gegen Polizeikorruption zu behindern? Und warum sollte jemand anderes eine Prostituierte in Broadfields Wohnung ermorden? Das ist alles sehr verwirrend.«

»Nun, da sind wir einer Meinung.«

»Furchtbar verwirrend«, sagte er. »Ich kann nicht einmal verstehen, warum Broadfield überhaupt zu uns gekommen ist.«

Ich schon. Zumindest hatte ich jetzt einen guten Verdacht. Aber ich beschloss, ihn für mich zu behalten.

Kapitel 6

Ich legte einen kurzen Zwischenstopp in meinem Hotel ein, um mich zu duschen und mit dem Rasierer über mein Gesicht zu fahren. Es gab drei Nachrichten in meinem Fach, drei Anrufer, die zurückgerufen werden wollten. Anita hatte noch einmal angerufen, außerdem ein Cop namens Eddie Koehler. Und Miss Mardell.

Ich beschloss, dass Anita und Eddie warten konnten. Elaine rief ich vom Münztelefon in der Lobby aus an. Es war kein Anruf, den ich über die Telefonzentrale des Hotels machen wollte. Vielleicht hören sie nicht mit, vielleicht aber doch.

Als sie sich meldete, sagte ich: »Hallo. Weißt du, wer ich bin?«

»Ich denke, ja.«

»Ich rufe dich an, weil du zurückgerufen werden wolltest.«

»Mhm. Das dachte ich mir. Gibt es Probleme mit deinem Telefon?«

»Ich bin in einer Telefonzelle, aber was ist mit dir?«

»Mein Telefon sollte sauber sein. Ich bezahle diesen kleinen Typen aus Hawaii, dass er einmal die Woche vorbeikommt und es auf Wanzen überprüft. Bislang hat er keine gefunden, aber vielleicht weiß er auch nicht, wie man richtig sucht. Woher sollte ich das wissen? Er ist wirklich ein sehr kleiner Typ. Ich denke, dass er voll verdrahtet ist.«

»Du bist ein lustiges Mädchen.«

»Nun, wo wären wir ohne einen Sinn für Humor, oder? Aber wir können am Telefon auch halbwegs seriös bleiben. Du kannst dir wahrscheinlich denken, warum ich angerufen habe.«

»Mhm.«

»Die Fragen, die du kürzlich gestellt hast. Und ich bin ein Mädchen, das jeden Morgen die Zeitung liest. Was ich mich frage, ist, kann irgendetwas davon zu mir zurückführen? Ist das etwas, über das ich anfangen sollte, mir Sorgen zu machen?«

»Völlig ausgeschlossen.«

»Ist das die Wahrheit?«

»Absolut. Solange nicht welche von den Anrufen, die du gemacht hast, um Sachen herauszufinden, zu dir zurückführen können. Du hast mit Leuten gesprochen.«

»Daran habe ich bereits gedacht und mich abgeschottet. Wenn du sagst, dass ich mir keine Sorgen machen muss, dann mache ich mir keine. Was genau so ist, wie Mrs. Mardells kleine Tochter es mag.«

»Ich dachte, du hast deinen Namen geändert.«

»Hä? Oh, nein, hab ich nicht. Ich wurde als Elaine Mardell geboren, Baby. Ich will nicht behaupten, dass mein Vater seinen Namen nicht irgendwann geändert hat, aber er war bereits brav und gojisch, als ich auf der Bildfläche erschienen bin.«

»Vielleicht komme ich später vorbei, Elaine.«

»Geschäft oder Vergnügen? Lass mich es anders ausdrücken. Dein Geschäft oder meins?«

Ich stellte fest, dass ich in den Hörer lächelte. »Vielleicht ein bisschen von beidem«, sagte ich. »Ich muss nach Queens rausfahren, aber ich werde dich danach anrufen, falls ich vorbeikomme.«

»Ruf mich auf jeden Fall an. Wenn du nicht kommen kannst, ruf an. Deshalb stecken sie die–«

»Münzen in Kondome. Ich weiß.«

»Ach, du kennst meine besten Witze«, sagte sie. »Mit dir macht es keinen Spaß.«

Mein U-Bahn-Wagen war von einem Verrückten mit einer Sprühdose verziert worden. Er hatte nur eine Botschaft für die Welt gehabt und sich die Mühe gemacht, sie überall dorthin zu schreiben, wo sich die Möglichkeit dazu geboten hatte. Er hatte seine These immer wieder aufs Neue ausgeführt und dabei mit aufwändigen Schnörkeln und anderen Verzierungen gearbeitet.

WE ARE PEOPLE TWO, wir sind Menschen zwei, informierte er uns. Ich konnte nicht entscheiden, ob es sich bei *two* um einen Schreibfehler handelte und er eigentlich mit einem *too* einfach nur »Wir sind auch Menschen« hatte schreiben wollte oder ob seiner Aussage eine durch Drogen befeuerte, tiefere Erkenntnis zugrunde lag.

WE ARE PEOPLE TWO.

Ich hatte sehr viel Zeit, über die Bedeutung der Phrase nachzudenken, den ganzen Weg hinaus bis zur Kreuzung des Queens Boulevard mit der Continental Avenue. Dort stieg ich aus und ging mehrere Blocks zu Fuß. Ich kam an Straßen vorbei, die nach Privatschulen benannt waren. Exeter, Groton, Harrow. Schließlich erreichte ich die Nansen Street, wo Broadfield mit seiner Familie wohnte. Ich habe keine Ahnung, woher die Nansen Street ihren Namen hat.

Das Haus der Broadfields war ansehnlich, es stand ein Stück von der Straße zurückgesetzt auf einem gut gepflegten Grundstück. Ein alter Ahornbaum auf dem Rasenstreifen zwischen dem Bürgersteig und der Straße ließ keinen Zweifel daran, welche Jahreszeit wir hatten. Er stand rot und gold in Flammen.

Das Haus selbst war zweistöckig und etwa dreißig bis vierzig Jahre alt. Es war in Würde gealtert. Die Nachbarschaft bestand aus ähnlichen Häusern, die sich jedoch weit genug voneinander unterschieden, dass man nicht das Gefühl bekam, sich in einem durchgeplanten Wohnviertel zu befinden.

Ebenso wenig hatte ich das Gefühl, mich in einem der fünf Stadtbezirke von New York zu befinden. Wenn man in Manhattan lebt, fällt es einem schwer, sich daran zu erinnern, wie viele New Yorker in Einfamilienhäusern in von Bäumen gesäumten Straßen wohnen. Selbst Politikern fällt es manchmal schwer, das im Hinterkopf zu behalten.

Ich ging den Steinplattenweg bis zum Hauseingang hoch und klingelte. Ich konnte das Glockenläuten im Inneren des Hauses hören. Dann näherten sich Schritte und die Tür wurde von einer schlanken Frau mit kurzen, schwarzen Haaren geöffnet. Sie trug einen lindgrünen Pullover und eine dunkelgrüne Hose. Grün stand ihr sehr gut, es stimmte mit ihren Augen überein und betonte ihre Ausstrahlung einer schüchternen Waldnymphe. Sie war attraktiv und wäre noch hübscher gewesen, wenn sie nicht vor Kurzem geweint gehabt hätte. Ihre Augen hatten rote Ränder, das Gesicht sah müde aus.

Ich nannte ihr meinen Namen und sie bat mich ins Haus. Sie sagte, dass ich sie entschuldigen müsse, dass alles in Unordnung sei, weil es ein schlechter Tag für sie gewesen war.

Ich folgte ihr ins Wohnzimmer und setzte mich in den Sessel, auf den sie mich hinwies. Trotz dem, was sie gesagt hatte, schien keinerlei Unordnung zu herrschen. Der Raum war makellos und sehr geschmackvoll eingerichtet. Die Ausstattung war konservativ und traditionell, ohne an ein Museum zu erinnern. Hier und da gab es Fotos in silbernen Rahmen. Ein Notenheft stand aufgeschlagen auf dem Klavier. Sie nahm es in die Hand, schloss es und verstaute es in der Klavierbank.

»Die Kinder sind oben«, sagte sie. »Sara und Jennifer sind heute Morgen in die Schule gegangen. Sie sind gegangen, bevor ich es erfahren habe. Als sie nach dem Mittagessen nach Hause gekommen sind, hab ich sie hierbehalten. Eric wird erst im nächsten Jahr in den Kindergarten gehen, also ist er daran gewöhnt, zu Hause zu sein. Ich weiß nicht, was sie denken, und ich weiß nicht, was ich ihnen sagen soll. Und das Telefon klingelt die ganze Zeit. Am liebsten würde ich den Hörer danebenlegen, aber was ist, wenn es sich um etwas Wichtiges handelt? Ich hätte Ihren Anruf verpasst, wenn ich den Hörer danebengelegt hätte. Wenn ich nur wüsste, was ich tun soll.« Sie zuckte zusammen und rang die Hände. »Es tut mir leid«, sagte sie. Ihre Stimme war nun ruhiger. »Ich stehe unter Schock. Es hat mich gleichzeitig benommen und nervös gemacht. Zwei Tage lang wusste ich nicht, wo sich mein Mann befindet. Jetzt weiß ich, dass er in einer Gefängniszelle sitzt. Und unter Mordverdacht steht.« Sie zwang sich dazu einzuatmen. »Möchten Sie einen Kaffee? Ich habe gerade eine frische Kanne gemacht. Oder kann ich Ihnen etwas Stärkeres anbieten?«

Ich sagte ihr, dass Kaffee mit einem Schuss Whiskey ausgezeichnet wäre. Sie ging in die Küche und kam mit zwei großen Tassen Kaffee zurück. »Ich weiß nicht, welchen Whiskey und wie viel davon«, sagte sie. »Dort ist der Getränkeschrank. Warum wählen Sie nicht selbst, was Sie möchten?«

Der Schrank war sehr gut mit teuren Marken bestückt. Das überraschte mich nicht. Ich habe noch nie einen Cop getroffen, der zu Weihnachten nicht reichlich mit Alkohol beschenkt wurde. Leute, die sich davor scheuen, einem Geld zu geben, tun sich leichter damit, einem eine Flasche oder Kiste anständigen Alkohols zu schenken. Ich schenkte einen großzügigen Schluck Wild Turkey in meine Tasse. Ich vermute, dass es Verschwendung war. Ein Bourbon schmeckt wie der andere, wenn man ihn in seinen Kaffee schüttet.

»Schmeckt das?« Sie stand neben mir, hielt ihre eigene Tasse in beiden Händen. »Vielleicht sollte ich es probieren. Normalerweise trinke ich nicht viel. Mir hat der Geschmack nie gefallen. Denken Sie, dass ich mich von einem Drink entspannen würde?«

»Er würde Ihnen wahrscheinlich nicht schaden.«

Sie hielt mir die Tasse hin. »Bitte?«

Ich schenkte ihr ein und sie rührte mit ihrem Löffel um, bevor sie einen zögerlichen Schluck nahm. »Oh, das ist gut«, sagte sie mit fast kindlicher Stimme. »Es wärmt einen, oder? Ist es sehr stark?«

»Ungefähr so stark wie ein Cocktail. Und der Kaffee schwächt einige der Auswirkungen des Alkohols ab.«

»Heißt das, dass man nicht betrunken wird?«

»Doch, irgendwann wird man betrunken. Aber bis dahin wird man nicht müde. Werden Sie normalerweise von einem Drink betrunken?«

»Ich kann normalerweise einen Drink *spüren*. Ich befürchte, ich bin keine große Trinkerin. Aber ich denke nicht, dass mir das hier schaden kann.«

Sie blickte mich an, und einen kurzen Moment lang forderten wir uns gegenseitig mit den Augen heraus. Ich wusste damals nicht, und ich weiß auch jetzt nicht, was genau passierte, aber unsere Blicke trafen sich und tauschten stumme Botschaften aus. Etwas musste auf der Stelle vereinbart worden sein, auch wenn wir uns selbst der Vereinbarung oder gar der Botschaften, die ihr vorausgingen, nicht bewusst waren.

Ich beendete das Starren. Ich nahm die Nachricht, die ihr Mann geschrieben hatte, aus meiner Brieftasche und gab sie ihr. Sie überflog sie einmal kurz, dann las sie sie sorgfältiger. »Zweitausendfünfhundert Dollar«, sagte sie. »Ich vermute, dass Sie die jetzt sofort haben möchten, Mr. Scudder.«

»Ich werde vermutlich Ausgaben haben.«

»Gewiss.« Sie faltete die Nachricht auf die Hälfte, dann faltete sie sie noch einmal. »Ich kann mich nicht daran erinnern, dass Jerry Ihren Namen erwähnt hätte. Kennen Sie sich schon lange?«

»Nicht sehr lange.«

»Sie sind bei der Polizei. Haben Sie zusammen gearbeitet?«

»Ich war bei der Polizei, Mrs. Broadfield. Jetzt bin ich eine Art Privatdetektiv.«

»Nur eine Art?«

»Die Art ohne Lizenz. Nach all den Jahren bei der Polizei habe ich eine Aversion gegen das Ausfüllen von Formularen.«

»Eine Aversion.«

»Wie bitte?«

»Hab ich das laut gesagt?« Plötzlich lächelte sie und ihr ganzes Gesicht strahlte. »Ich denke nicht, dass ich schon jemals einen Polizisten getroffen habe, der dieses Wort benutzt hat. Oh, sie benutzen große Wörter, aber nur eine gewisse Sorte, wissen Sie. ›Mutmaßlicher Gesetzesübertreter‹ ist meine Lieblingsformulierung. Und ›Übeltäter‹ ist ein wunderbares Wort. Niemand außer Polizisten und Journalisten würde jemals jemanden als Übeltäter bezeichnen, und Journalisten schreiben das Wort nur, sie sprechen es nicht aus.« Unsere Blicke trafen sich wieder und ihr Lächeln verschwand. »Es tut mir leid, Mr. Scudder. Ich plappere wieder, oder?«

»Ich mag es, wenn Sie plappern.«

Eine Sekunde lang dachte ich, sie würde erröten, aber sie tat es nicht. Sie atmete ein und versicherte mir, dass ich das Geld sofort bekommen würde. Ich sagte ihr, dass es keine Eile hätte, aber sie meinte, dass wir es genauso gut auch hinter uns bringen könnten. Ich setzte mich und beschäftigte mich mit meinem Kaffee, während sie das Zimmer verließ und die Treppe hochstieg.

Ein paar Minuten später kam sie mit einem Bündel Geldscheine zurück und gab sie mir. Ich fächerte sie auf. Es handelte sich um Fünfziger und Hunderter. Ich steckte sie in meine Jackentasche.

»Wollen Sie es nicht zählen?« Ich schüttelte den Kopf. »Sie sind sehr vertrauensvoll, Mr. Scudder. Ich bin mir sicher, dass Sie mir Ihren

Vornahmen genannt haben, aber ich scheine mich nicht erinnern zu können.«

»Matthew.«

»Meiner ist Diana.« Sie nahm die Kaffeetasse in die Hand und lehrte sie schnell, als würde sie starke Medizin hinunterschlucken. »Würde es etwas nützen, wenn ich behaupten würde, dass mein Mann gestern Nacht bei mir war?«

»Er wurde in New York verhaftet, Mrs. Broadfield.«

»Ich habe Ihnen gerade meinen Vornamen verraten. Wollen Sie ihn nicht verwenden?« Dann erinnerte sie sich, worüber wir gerade sprachen, und änderte ihren Tonfall. »Um wie viel Uhr wurde er verhaftet?«

»Gegen halb drei.«

»Wo?«

»Eine Wohnung im Village. Er hat sich dort aufgehalten, seit Miss Carr die Anzeige gegen ihn erstattet hat. Er wurde gestern Abend aus der Wohnung gelockt, und während er unterwegs war, hat jemand Miss Carr in die Wohnung gebracht, sie dort ermordet und der Polizei einen Tipp gegeben. Oder sie wurde dorthin gebracht, als sie schon tot war.«

»Oder Jerry hat sie umgebracht.«

»Das würde keinen Sinn ergeben.«

Sie dachte darüber nach, dann schlug sie eine andere Richtung ein. »Wessen Wohnung ist das?«

»Ich bin mir nicht sicher.«

»Wirklich? Es muss seine Wohnung sein. Oh, ich war schon immer davon überzeugt, dass er eine hat. Es gibt Kleidungsstücke von ihm, die ich seit ewigen Zeiten nicht mehr zu Gesicht bekommen habe, deshalb vermute ich, dass er einen Teil seiner Kleidung irgendwo in der Stadt aufbewahrt.« Sie seufzte. »Ich frage mich, warum er versucht, Sachen vor mir geheim zu halten. Ich weiß so viel und er muss wissen, dass ich davon weiß, denken Sie nicht auch? Denkt er, dass ich nicht weiß, dass er andere Frauen hat? Denkt er, dass es mir etwas ausmacht?«

»Macht es Ihnen nichts aus?«

Sie starrte mich lange an. Ich dachte nicht, dass sie die Frage beantworten würde, aber dann tat sie es doch. »Natürlich macht es mir etwas aus«, sagte sie. »Natürlich.« Sie blickte auf ihre Tasse hinab und schien bestürzt zu sein, dass sie leer war. »Ich werde noch einen Kaffee trinken«, sagte sie. »Möchte Sie auch noch einen, Matthew?«

»Ja, gerne.«

Sie verschwand mit den Tassen in der Küche. Auf dem Rückweg hielt sie beim Getränkeschrank an, um sie aufzupeppen. Sie ging ziemlich großzügig mit der Wild-Turkey-Flasche um und machte mein Getränk mindestens doppelt so stark wie das, das ich mir gemacht hatte.

Sie nahm wieder auf der Couch Platz, aber dieses Mal näher bei meinem Sessel. Sie nippte an ihrem Kaffee und sah mich über die Tasse hinweg an. »Um wie viel Uhr wurde diese Frau ermordet?«

»Laut den letzten Informationen, die ich bekommen habe, schätzt man den Todeszeitpunkt auf Mitternacht.«

»Und er wurde gegen halb drei verhaftet?«

»Ungefähr, ja.«

»Nun, das macht es einfach, oder? Ich werde sagen, dass er kurz nachdem die Kinder eingeschlafen waren nach Hause gekommen ist. Er wollte mich sehen und die Kleidung wechseln. Und er war dann mit mir zusammen, hat mit mir von elf bis zum Ende der Carson-Show ferngesehen. Und danach ist er nach New York zurückgefahren und kam gerade rechtzeitig dort an, um verhaftet zu werden. Was ist?«

»Es wird nichts nützen, Diana.«

»Warum nicht?«

»Niemand wird es glauben. Das einzige Alibi, das Ihrem Mann helfen würde, wäre ein hieb- und stichfestes. Und die unbestätigte Aussage seiner Ehefrau – nein, es würde nichts nützen.«

»Ich denke, das muss ich gewusst haben.«

»Klar.«

»Hat er sie umgebracht, Matthew?«

»Er sagt, dass er es nicht getan hat.«

»Glauben Sie ihm?«

Ich nickte. »Ich glaube, dass sie von jemand anderem ermordet wurde. Und man es ihm bewusst in die Schuhe schieben will.«

»Warum?«

»Um dafür zu sorgen, dass die Untersuchungen innerhalb der Polizeibehörde beendet werden. Oder aus persönlichen Gründen – wenn jemand einen Grund gehabt hat, Portia Carr umzubringen, bietet sich Ihr Mann als der perfekte Sündenbock an.«

»Das habe ich nicht gemeint. Warum glauben *Sie*, dass er unschuldig ist?«

Ich dachte darüber nach. Ich hatte ein paar ziemlich gute Gründe – darunter den Umstand, dass er zu klug war, einen Mord auf so dumme Weise zu begehen. Er wäre dazu fähig, eine Frau in seiner eigenen Wohnung zu ermorden, aber er würde sie nicht dort liegen lassen und sich ein paar Stunden lang herumtreiben, ohne sich ein Alibi zu verschaffen. Aber alle meine Gründe spielten keine große Rolle und sie waren es nicht wert, sie vor ihr aufzuzählen.

»Ich glaube einfach nicht, dass er es getan hat. Ich war viele Jahre lang Polizist. Dabei entwickelt man Instinkte, Intuition. Den Dingen wohnt eine gewisse Atmosphäre bei, und wenn man gut ist, hat man ein Gespür dafür.«

»Ich wette, Sie waren gut.«

»Ich war nicht schlecht. Ich habe das Handwerk beherrscht, ich hatte den Instinkt. Und ich war so sehr bei der Sache, dass ich sehr viel von mir selbst in meine Arbeit gesteckt habe. Das macht einen Unterschied. Es ist viel einfacher, gut in etwas zu sein, wenn man darin aufgeht.«

»Und dann haben Sie die Polizei verlassen?«

»Ja. Vor ein paar Jahren.«

»Freiwillig?« Sie wurde rot und legte die Hand auf die Lippen. »Es tut mir leid«, sagte sie. »Das ist eine dumme Frage. Es geht mich nichts an.«

»Es ist nicht dumm. Ja, ich bin freiwillig gegangen.«

»Warum? Was mich natürlich auch nichts angeht.«

»Persönliche Gründe.«

»Natürlich. Es tut mir schrecklich leid. Ich denke, dass ich diesen Whiskey spüre. Verzeihen Sie mir?«

»Es gibt nichts zu verzeihen. Die Gründe waren persönlicher Natur, das ist alles. Vielleicht werde ich Ihnen irgendwann mal davon erzählen.«

»Vielleicht werden Sie das, Matthew.«

Unsere Blicke trafen sich wieder und blieben aneinander hängen, bis sie plötzlich einatmete und den Rest des Getränks in ihrer Kaffeetasse austrank.

Sie sagte: »Haben Sie Geld genommen? Ich meine, als Sie noch bei der Polizei waren?«

»Etwas. Ich wurde nicht davon reich und ich bin auch nie mit ausgestreckter Hand herumgelaufen, aber ich habe genommen, was man mir anbot. Wir haben nie nur von meinem Gehalt gelebt.«

»Sie sind verheiratet?«

»Oh, weil ich *wir* gesagt habe. Ich bin geschieden.«

»Manchmal denke ich an Scheidung. Jetzt wäre es unmöglich, natürlich. Jetzt obliegt es der treuen, leidgeprüften Gattin, dass sie in der Stunde der Not an der Seite ihres Ehemanns steht. Warum lächeln Sie?«

»Ich tausche drei Aversionen gegen ein Obliegen.«

»Abgemacht.« Sie senkte die Augen. »Jerry nimmt sehr viel Geld.«

»Das habe ich vermutet.«

»Das Geld, das ich Ihnen gegeben habe. Zweitausendfünfhundert Dollar. Wenn man sich vorstellt, so viel Geld bei sich zu Hause zu haben. Alles, was ich tun musste, war, die Treppe hochzugehen und es abzuzählen. Es gibt noch viel mehr Geld in der Schatulle. Ich weiß nicht, wie viel er da hat. Ich habe es nie gezählt.«

Ich schwieg. Sie saß mit übereinandergeschlagenen Beinen da, die Hände brav im Schoss gefaltet. Die dunkelgrüne Hose an den langen Beinen, lindgrüner Pullover, kühle mintgrüne Augen. Feingliedrige Hände mit langen, schmalen Fingern und kurzgeschnittenen, nicht lackierten Fingernägeln.

»Ich wusste nicht einmal von der Schatulle bis kurz bevor er angefangen hat, mit diesem Sonderstaatsanwalt zusammenzuarbeiten. Ich kann mir seinen Namen einfach nicht merken.«

»Abner Prejanian.«

»Ja. Natürlich wusste ich, dass Jerry Geld nahm. Er hat es nie ausdrücklich gesagt, aber es war offensichtlich, und er hat Andeutungen gemacht. Als ob er wollte, dass ich davon wusste, aber es mir nicht unverblümt sagen wollte. Mir war klar, dass wir nicht von dem lebten, was er auf legitime Weise verdient hat. Und er gibt so viel Geld für Kleidung aus, und ich vermute, dass er auch Geld für andere Frauen ausgibt.« Ihre Stimme war kurz davor, sich zu überschlagen, aber sie redete einfach weiter, als ob nichts wäre. »Eines Tages hat er mich zur Seite genommen und mir die Schatulle gezeigt. Sie hat ein Zahlenschloss und er hat mir die Kombination verraten. Er sagte, dass ich mir Geld nehmen könnte, wann immer ich welches brauchte, dass es von dort, wo es herkam, noch mehr geben würde.

Ich hatte die Schatulle bis zum heutigen Tag noch nie geöffnet. Nicht, um das Geld zu zählen, und auch sonst nicht. Ich wollte es nicht sehen, ich wollte nicht daran denken, ich wollte nicht wissen, wie viel Geld sich in der Schatulle befindet. Möchten Sie etwas Interessantes wissen? Eines Abends in der letzten Woche dachte ich daran, ihn zu verlassen, und ich hatte keine Idee, wie ich mir das leisten könnte. Finanziell, meine ich. Und ich habe nicht auch nur einen Moment lang an das Geld in der Schatulle gedacht. Es kam mir einfach nicht in den Sinn.

Ich weiß nicht, ob ich eine besonders moralische Person bin oder nicht. Eigentlich denke ich nicht, dass ich es bin. Aber es ist so viel Geld in der Schatulle, verstehen Sie, und ich möchte nicht daran denken, was jemand getan haben muss, um so viel Geld zu bekommen. Ergibt das, was ich sage, überhaupt irgendeinen Sinn für Sie, Matthew?«

»Ja.«

»Vielleicht hat er diese Frau getötet. Wenn er beschließen würde, jemanden zu töten, denke ich nicht, dass er irgendwelche moralischen Bedenken haben würde.«

»Hat er jemals jemanden im Dienst getötet?«

»Nein. Er hat mehrere Verbrecher angeschossen, aber keiner davon ist gestorben.«

»War er beim Militär?«

»Er war ein paar Jahre lang in Deutschland stationiert. Aber er war nie in einem Gefecht.«

»Ist er gewalttätig? Hat er Sie jemals geschlagen?«

»Nein, niemals. Manchmal hatte ich Angst vor ihm, aber ich könnte nicht sagen, warum. Er hat mir nie einen richtigen Grund gegeben, mich vor ihm zu fürchten. Ich würde nicht mit einem Mann, der mich schlägt, zusammenbleiben.« Sie lächelte verbittert. »Zumindest denke ich das.

Aber ich habe auch einmal gedacht, dass ich einen Mann verlassen würde, der etwas mit anderen Frauen hat. Warum kennen wir uns nie so gut, wie wir uns das einbilden, Matthew?«

»Das ist eine gute Frage.«

»Ich habe so viele gute Fragen. Ich kenne diesen Mann eigentlich überhaupt nicht. Ist das nicht bemerkenswert? Ich bin seit vielen Jahren mit ihm verheiratet und ich kenne ihn nicht. Ich habe ihn nie gekannt. Hat er Ihnen gesagt, warum er sich dazu entschlossen hat, mit dem Sonderstaatsanwalt zu kooperieren?«

»Ich hatte die Hoffnung, dass er es Ihnen gesagt haben könnte.«

Sie schüttelte den Kopf. »Ich habe absolut keine Ahnung. Aber andererseits weiß ich nie, warum er irgendetwas macht. Warum hat er mich geheiratet? Nun, das ist eine gute Frage. Ich würde es sogar als verdammt gute Frage bezeichnen, Matthew. Was hat Jerome Broadfield in der unscheinbaren, kleinen Diana Cummings gesehen?«

»Ach, kommen Sie. Sie müssen wissen, dass Sie attraktiv sind.«

»Ich weiß, dass ich nicht hässlich bin.«

»Sie sind sehr viel mehr als nicht hässlich.« *Und deine Hände liegen auf deinem Schenkel wie ein Paar Tauben. Und ein Mann könnte sich völlig in deinen Augen verlieren.*

»Ich bin nicht sehr spektakulär, Matthew.«

»Ich kann Ihnen nicht folgen.«

»Wie soll ich das erklären. Warten Sie. Wissen Sie, wie gewisse Schauspieler einfach auf eine Bühne treten können und alle Augen auf sich ziehen? Es spielt keine Rolle, ob sich jemand anderes mitten in einer Rede befindet. Sie besitzen einfach so viel Ausstrahlung, dass man sie anblicken muss. Ich bin nicht so, überhaupt nicht. Und natürlich ist Jerry so.«

»Er ist beeindruckend, auf jeden Fall. Vermutlich hat seine Größe etwas damit zu tun.«

»Es geht um mehr als das. Er ist groß und gutaussehend, aber es geht um mehr. Er hat das gewisse Etwas. Die Menschen blicken ihn auf der Straße an. Sie haben das schon getan, seit ich ihn kenne. Und denken Sie nicht, dass er nicht daran arbeitet. Manchmal habe ich gesehen, wie er daran arbeitet, Matthew. Ich erkenne eine bewusst lässige Geste, die ich schon einmal bei ihm beobachtet habe, und ich weiß genau, wie kalkuliert sie ist. In solchen Momenten kann ich diesen Mann von ganzem Herzen verabscheuen.«

Draußen fuhr ein Auto vorbei. Wir saßen, unsere Blicke trafen sich nicht ganz, und wir lauschten fernen Straßengeräuschen und privaten Gedanken.

»Sie haben gesagt, dass Sie geschieden sind.«

»Ja.«

»Schon lange?«

»Seit ein paar Jahren.«

»Kinder?«

»Zwei Jungs. Meine Frau hat das Sorgerecht.«

»Ich habe zwei Mädchen und einen Jungen. Das muss ich Ihnen schon gesagt haben.«

»Sara, Jennifer und Eric.«

»Sie haben ein bemerkenswertes Erinnerungsvermögen.« Sie blickte ihre Hände an. »Ist es besser? Geschieden zu sein?«

»Ich weiß es nicht. Manchmal ist es besser und manchmal ist es schlechter. Tatsächlich denke ich nicht in diesen Kategorien darüber, weil es wirklich keine Wahl gab. Es musste sein.«

»Ihre Frau wollte die Scheidung.«

»Nein, ich wollte sie. Ich war derjenige, der allein leben musste. Aber mein Wunsch war keine Frage einer Entscheidung, falls das für Sie Sinn ergibt. Ich *musste* für mich allein sein.«

»Leben Sie noch immer allein?«

»Ja.«

»Genießen Sie es?«

»Genießt das irgendjemand?«

Sie blieb einen langen Moment lang stumm. Sie saß da, hielt mit den Händen das Knie gepackt, den Kopf in den Nacken gelegt, die Augen geschlossen und die Gedanken nach innen gerichtet. Ohne die Augen zu öffnen, sagte sie: »Was wird mit Jerry passieren?«

»Unmöglich, das zu sagen. Wenn nichts Entlastendes zum Vorschein kommt, wird er vor Gericht gestellt werden. Vielleicht wird er freigesprochen, vielleicht auch nicht. Ein fähiger Anwalt könnte die Sache sehr in die Länge ziehen.«

»Aber es ist möglich, dass er verurteilt wird?«

Ich zögerte, dann nickte ich.

»Und ins Gefängnis gehen muss?«

»Das ist möglich.«

»Mein Gott.«

Sie nahm ihre Tasse in die Hand und starrte hinein, dann hob sie die Augen, um in meine zu blicken. »Soll ich uns noch Kaffee holen, Matthew?«

»Für mich nicht, danke.«

»Soll ich noch welchen trinken? Soll ich noch einen Drink nehmen?«

»Wenn es das ist, was Sie brauchen.«

Sie dachte darüber nach. »Das ist nicht, was ich brauche«, entschied sie. »Wissen Sie, was ich brauche?«

Ich schwieg.

»Ich brauche, dass Sie herkommen und sich neben mich setzen. Und mich in den Arm nehmen.«

Ich setzte mich auf die Couch neben sie und sie flüchtete sich bereitwillig in meine Arme wie ein kleines Tier auf der Suche nach Wärme. Ihr Gesicht fühlte sich an meinem sehr weich an, ihr Atem war warm und süß. Als mein Mund ihren fand, wurde sie einen Moment lang steif. Dann, als ob sie erkannte, dass ihre Entscheidung schon längst gefallen war, entspannte sie sich in meinen Armen und erwiderte den Kuss.

An einem Punkt sagte sie: »Lassen wir einfach alles verschwinden. Alles.« Und dann musste sie nichts mehr sagen, und ich auch nicht.

Etwas später saßen wir wieder wie zuvor, sie auf der Couch, ich in meinem Sessel. Sie trank unversetzten Kaffee und ich hatte ein Glas puren Bourbon, von dem ich schon etwas mehr als die Hälfte getrunken hatte. Wir sprachen leise und hielten in unserem Gespräch inne, als auf der Treppe das Geräusch von Schritten zu hören war. Ein etwa zehn Jahre altes Mädchen betrat das Wohnzimmer. Es sah aus wie seine Mutter.

Das Mädchen sagte: »Mami, ich und Jennifer wollen–«

»Jennifer und ich.«

Das Mädchen seufzte theatralisch. »Mami, *Jennifer* und *ich* wollen *Die phantastische Reise* gucken, und Eric benimmt sich wie ein Schwein und will *Familie Feuerstein* gucken, und ich und Jennifer, ich meine, Jennifer und ich hassen *Familie Feuerstein*.«

»Du sollst Eric nicht als Schwein bezeichnen.«

»Ich habe Eric nicht als Schwein *bezeichnet*. Ich habe nur gesagt, dass er sich wie ein Schwein *benimmt*.«

»Ich vermute, da ist ein Unterschied. Du kannst mit Jennifer eure Sendung in meinem Zimmer gucken. Ist es das, was du wolltest?«

»Warum guckt Eric nicht in deinem Zimmer? Schließlich, Mami, er guckt auf *unserem* Fernseher in *unserem* Zimmer.«

»Ich will nicht, das Eric allein in meinem Zimmer ist.«

»Nun, ich und Jennifer wollen nicht, dass er allein in *unserem* Zimmer ist, Mami, und–«

»Sara–«

»Okay. *Wir* werden in *deinem* Zimmer gucken.«

»Sara, das ist Mr. Scudder.«

»Guten Tag, Mr. Scudder. Kann ich jetzt gehen, Mami?«

Als das Mädchen wieder die Treppe hoch verschwunden war, entfuhr seiner Mutter ein langgezogener, tiefer Pfiff. »Ich weiß nicht, was in aller Welt mit mir los ist«, sagte sie. »Ich habe noch nie zuvor etwas Derartiges getan. Ich will damit nicht sagen, dass ich eine Heilige bin. Ich hatte... Letztes Jahr hatte ich ein Verhältnis mit jemandem. Aber in meinem eigenen Haus, mein Gott, und während die Kinder zu Hause sind. Sara hätte einfach hereinplatzen können. Ich hätte sie nicht gehört.« Sie lächelte plötzlich. »Ich hätte wahrscheinlich nicht einmal den dritten Weltkrieg gehört. Du bist ein toller Kerl, Matthew. Ich weiß nicht, wie das passieren konnte, aber ich werde dafür keine Entschuldigung suchen. Ich bin *froh*, dass es passiert ist.«

»Ich auch.«

»Weißt du, dass du noch immer kein einziges Mal meinen Vornamen ausgesprochen hast? Du hast mich immer nur Mrs. Broadfield genannt.«

Ich hatte ihren Vornamen einmal laut und mehrmals still ausgesprochen. Aber ich sagte ihn jetzt noch einmal. »Diana.«

»Das ist viel besser.«

»Diana, die Göttin des Mondes.«

»Und der Jagd.«

»Auch der Jagd? Ich wusste nur vom Mond.«

»Ich frage mich, ob er heute Nacht zu sehen sein wird. Der Mond. Es wird schon dunkel, oder? Ich kann es nicht glauben. Wohin ist der Sommer verschwunden? Es war gerade noch Frühling und jetzt ist es Oktober. In ein paar Wochen werden sich meine drei wilden Indianer verkleiden und Süßigkeiten von den Nachbarn erpressen.« Ihr Gesicht verdüsterte sich. »Das ist schließlich eine Familientradition. Erpressung.«

»Diana–«

»Und in einem Monat ist bereits Thanksgiving. Scheint es nicht so, als hätten wir Thanksgiving erst vor drei Monaten gehabt? Oder höchstens vier?«

»Ich weiß, was du meinst. Die Tage sind so lang wie immer, aber die Jahre fliegen an uns vorbei.«

Sie nickte. »Ich hab immer gedacht, dass meine Großmutter verrückt ist. Sie hat mir immer gesagt, dass die Zeit sehr viel schneller vergeht, wenn man älter wird. Sie musste entweder verrückt sein oder sie hielt mich für ein sehr leichtgläubiges Kind, denn wie konnte die Zeit abhängig vom Alter einer Person die Geschwindigkeit verändern? Aber es *gibt* einen Unterschied. Ein Jahr macht drei Prozent meines Lebens und zehn Prozent von dem Saras aus, also ist es natürlich, dass es für mich verfliegt und sich für sie dahinzieht. Und sie will, dass die Zeit schneller vergeht, und ich wünschte, sie würde etwas langsamer vergehen. Oh Matthew, alt zu werden ist kein großer Spaß.«

»Dummerchen.«

»Ich? Warum?«

»Du sprichst davon, alt zu sein, wo du doch selbst noch ein Kind bist.«

»Man kann kein Kind mehr sein, wenn man die Mutter von jemandem ist.«

»Natürlich kann man das.«

»Und ich werde älter, Matthew. Schau nur, wie viel älter ich heute im Vergleich zu gestern bin.«

»Älter? Aber auch jünger, oder nicht? Auf eine Weise?«

»Oh, ja«, sagte sie. »Ja, du hast Recht. Daran habe ich nicht gedacht.«

Als mein Glas leer war, erhob ich mich und sagte ihr, dass ich mich wohl besser verabschieden würde. Sie sagte, dass es schön wäre, wenn ich bleiben könnte, und ich antwortete, dass es wahrscheinlich gut war, dass ich es nicht konnte. Sie dachte darüber nach und räumte ein, dass ich vermutlich Recht hatte, es aber trotzdem schön gewesen wäre.

»Du wirst frieren«, sagte sie. »Es kühlt schnell ab, wenn die Sonne untergegangen ist. Ich werde dich nach Manhattan fahren. Soll ich? Sara ist alt genug, um so lange auf die anderen aufzupassen. Ich werde dich reinfahren, das geht schneller als mit der U-Bahn.

»Lass mich mit der U-Bahn fahren, Diana.«

»Dann werde ich dich zur Station bringen.«

»Ich würde lieber laufen, um etwas von dem Alkohol abzubauen.«

Sie betrachtete mich prüfend, dann nickte sie. »In Ordnung.«

»Ich werde dich anrufen, sobald es etwas Neues gibt.«

»Und auch, wenn es nichts Neues gibt?«

»Und auch, wenn es nichts Neues gibt.«

Ich streckte die Arme nach ihr aus, aber sie wich zurück. »Ich will, dass du weißt, dass ich nicht klammern werde.«

»Das weiß ich.«

»Du sollst nicht das Gefühl haben, dass du mir irgendetwas schuldest.«

»Komm her.«

»Oh, mein toller Kerl.«

Und an der Tür sagte sie: »Und du wirst weiter für Jerry arbeiten. Wird das die Dinge kompliziert machen?«

»Normalerweise werden sie von allein kompliziert«, sagte ich.

Draußen war es kalt. Als ich an die Straßenecke kam und mich nach Norden wandte, kam der Wind mit viel Biss von hinten. Ich trug meinen Anzug, und er genügte nicht.

Auf halbem Weg zur U-Bahn-Station fiel mir ein, dass ich mir einen seiner Mäntel hätte ausleihen können. Ein Mann mit Jerome Broadfields

Begeisterung für Kleidung hatte bestimmt drei oder vier davon, und Diana hätte mir bestimmt gerne einen gegeben. Ich hatte nicht daran gedacht und sie hatte es nicht angeboten, und jetzt entschied ich, dass es gut so war. Bis dahin hatte ich an diesem Tag in seinem Sessel gesessen, seinen Whiskey getrunken, sein Geld genommen und mit seiner Frau geschlafen. Ich musste nicht auch noch in seiner Kleidung in der Stadt herumspazieren.

Die U-Bahn-Station war oberirdisch und sah wie eine Haltestelle der Long Island Rail Road aus. Offenbar war gerade erst ein Zug durchgefahren, auch wenn ich ihn nicht gehört hatte. Ich war die einzige Person, die auf dem Bahnsteig für Züge Richtung Westen wartete. Mit der Zeit trafen andere Leute ein und standen rauchend herum.

Theoretisch ist es verboten, auf U-Bahnhöfen zu rauchen, egal, ob sie sich über oder unter der Erde befinden. In unterirdischen Bahnhöfen hält sich fast jeder an diese Regel, aber fast alle Raucher zögern nicht, auf oberirdischen Bahnsteigen zu rauchen. Ich habe keine Ahnung, warum das so ist. U-Bahnhöfe, egal unter- oder oberirdisch, sind gleichermaßen brandsicher und bei beiden Varianten ist die Luft so schlecht, dass sie durch Rauch nicht auffallend schlechter werden würde. Aber bei der einen Art von Bahnhof wird das Gesetz befolgt und bei der anderen wird üblicherweise gegen das – nicht zur Geltung gebrachte – Gesetz verstoßen. Und niemand hat je erklärt, warum das so ist.

Seltsam.

Schließlich kam der Zug. Die Leute schmissen ihre Zigaretten weg und stiegen ein. Der Wagen, in dem ich fuhr, war mit Graffiti verziert, aber die Aufschriften beschränkten sich auf die mittlerweile üblichen Spitznamen und Nummern. Nichts derart einfallsreiches wie WE ARE PEOPLE TWO.

Ich hatte nicht geplant gehabt, mit seiner Frau zu schlafen.

Es hatte einen Punkt gegeben, an dem ich überhaupt nicht daran gedacht hatte, und einen anderen Punkt, an dem ich mir sicher war, dass es passieren würde, und die beiden Punkte hatten zeitlich betrachtet bemerkenswert nahe beieinander gelegen.

Es ist schwer, genau zu sagen, weshalb es passierte.

Ich treffe nicht allzu häufig Frauen, die ich begehre. Es kommt immer seltener vor, entweder weil es ein Aspekt des Alterungsprozesses ist oder weil es sich um ein Ergebnis meiner persönlichen Wandlung handelt. Ich hatte eine solche Frau am Tag zuvor getroffen, und aus einer Reihe von Gründen, einige davon bewusst, andere unbewusst, hatte ich nichts unternommen. Und jetzt würden sie und ich niemals mehr die Möglichkeit haben, uns zuzustoßen.

Vielleicht hatten es irgendwelche idiotischen Zellen in meinem Gehirn geschafft, sich einzureden, dass, falls ich Diana Broadfield nicht auf ihrer Wohnzimmercouch flachlegte, ein Irrer ankommen und sie abschlachten würde.

Der U-Bahn-Wagen war warm, aber ich zitterte, als stünde ich noch immer dem kalten Wind ausgesetzt auf dem oberirdischen Bahnsteig. Es war die beste Zeit des Jahres, aber auch die traurigste. Denn der Winter kam.

Kapitel 7

Es gab weitere Nachrichten für mich in meinem Hotel. Anita hatte noch einmal angerufen, Eddie Koehler sogar zweimal. Ich ging zum Aufzug, dann drehte ich mich um und rief Elaine vom Münztelefon aus an.

»Ich hab versprochen, dass ich auf jeden Fall anrufen werde«, sagte ich ihr. »Ich denke nicht, dass ich heute Abend vorbeikommen werde. Vielleicht morgen.«

»Klar, Matt. War es etwas Wichtiges?«

»Du erinnerst dich bestimmt an das, worüber wir gesprochen haben. Wenn du noch mehr über das Thema herausfinden kannst, werde ich dafür sorgen, dass es sich für dich lohnt.«

»Ich weiß nicht«, sagte sie. »Ich möchte nicht den Kopf riskieren. Ich möchte mich, wie man so schön sagt, bedeckt halten. Ich erledige meine Arbeit und spare mein Kleingeld für meine alten Tage.«

»Immobilien, oder?«

»Mhm. Mietshäuser in Queens.«

»Es fällt mir schwer, mir dich als Vermieterin vorzustellen.«

»Die Mieter bekommen mich niemals zu Gesicht. Es gibt eine Firma, die sich um alles kümmert. Der Typ, der das für mich erledigt, ich kenne ihn beruflich.«

»Mhm. Wirst du davon reich?«

»Es läuft ganz gut. Ich werde nicht wie eine von diesen alten Broadway-Damen enden, die mit einem Dollar am Tag durchkommen müssen. Niemals.«

»Nun, du könntest ein paar Fragen stellen und dir so ein paar Dollar verdienen. Wenn du Interesse hast.«

»Ich vermute, ich könnte es versuchen. Du wirst meinen Namen aus allem raushalten, oder? Du willst nur, dass ich etwas erfahre, das dir einen Ansatz bietet.«

»Das ist richtig.«

»Nun, ich könnte sehen, was sich machen lässt.«

»Tu das, Elaine. Ich werde morgen vorbeischauen.«

»Ruf vorher an.«

Ich ging hoch auf mein Zimmer, zog die Schuhe aus und legte mich auf das Bett. Ich schloss ein oder zwei Minuten lang die Augen. Ich war kurz davor einzuschlafen, als ich mich dazu zwang, mich aufzusetzen. Die Bourbonflasche auf dem Nachttisch war leer. Ich warf sie in den Abfalleimer und sah im Schrank nach. Dort gab es eine ungeöffnete Halbliterflasche Jim Bean, die auf mich gewartet hatte. Ich öffnete sie und nahm einen kleinen Schluck. Es war kein Wild Turkey, aber es erfüllte seine Aufgabe.

Eddie Koehler wartete auf einen Rückruf, aber mir fiel kein Grund ein, dieses Gespräch nicht einen oder zwei Tage aufzuschieben. Ich konnte mir vorstellen, was er mir sagen würde, und das war nichts, was ich hören wollte.

Es muss ungefähr Viertel nach acht gewesen sein, als ich den Hörer in die Hand nahm und Anita anrief.

Wir hatten einander nicht viel zu sagen. Sie erzählte mir, dass es in der letzten Zeit sehr viele Rechnungen gegeben hatte, sie sich einer Wurzelbehandlung hatte unterziehen müssen und die Jungs gleichzeitig aus allem herauszuwachsen schienen, und wenn ich ein paar Dollar übrig hätte, wären sie durchaus willkommen. Ich sagte ihr, dass ich gerade einen Job übernommen hatte und ihr am nächsten Morgen eine Postanweisung schicken würde.

»Das wäre eine große Hilfe, Matt. Aber der Grund, weshalb ich die Nachrichten für dich hinterlassen habe, ist, dass die Jungs mit dir sprechen wollen.«

»Klar.«

Ich sprach zuerst mit Mickey. Er sagte nicht wirklich viel. Es gab keine

Probleme in der Schule, alles war okay – das übliche Geplapper, automatisch und leer. Dann gab er den Hörer an seinen Bruder weiter.

»Dad? Die Boy Scouts organisieren diese Sache, also, für das erste Heimspiel der Nets gegen die Squires? Und es soll eine Vater-Sohn-Sache sein, weißt du? Sie kaufen die Karten über den Verband, also werden wir alle beieinander sitzen.«

»Und du und Mickey, ihr möchtet hingehen?«

»Nun, können wir? Ich und Mickey sind beide Nets-Fans, und sie sollen dieses Jahr echt gut sein.«

»Jennifer und ich.«

»Hä?«

»Nichts.«

»Es ist nur, es ist ziemlich teuer.«

»Wie viel kostet es?«

»Nun, fünfzehn Dollar pro Person, aber da sind das Abendessen vorher und die Busfahrt ins Coliseum enthalten.«

»Und wie viel muss man extra zahlen, wenn man auf das Abendessen verzichtet?«

»Hä? Ich – *oh*.« Er begann zu kichern. »Hey, das ist echt witzig«, sagte er. »Ich werde es Mick erzählen. Dad will wissen, wie viel man extra zahlen muss, wenn man auf das Abendessen verzichtet. Kapierst du nicht, du Dummkopf? Dad? Wie viel kostet es extra, wenn man nicht mit dem Bus fährt?«

»Genau.«

»Ich wette, das Abendessen ist Chicken à la King.«

»Es gibt immer Chicken à la King. Hör zu, das Geld ist kein Problem, und wenn es halbwegs vernünftige Plätze sind, hört sich das nach einer guten Sache an. Wann ist es?«

»Nun, morgen in einer Woche. Freitagabend.«

»Das könnte ein Problem werden. Es ist ein bisschen kurzfristig.«

»Sie haben es uns erst beim letzten Treffen gesagt. Können wir gehen?«

»Ich weiß nicht. Ich arbeite an einem Fall und weiß nicht, wie lange das dauern wird. Oder ob ich mittendrin ein paar Stunden abzweigen kann.«

»Ich tippe, es ist ein ziemlich wichtiger Fall, oder?«

»Der Typ, dem ich zu helfen versuche, soll einen Mord begangen haben.«

»Hat er es getan?«

»Ich denke nicht, aber das ist nicht das gleiche, wie in der Lage zu sein, es zu beweisen.«

»Kann die Polizei nicht ermitteln und es herausfinden?«

Nicht, wenn sie nicht wollen, dachte ich. Ich sagte: »Nun, die denken, dass mein Freund schuldig ist, und geben sich keine Mühe, weiterzusuchen. Das ist der Grund, weshalb er mich gebeten hat, für ihn zu arbeiten.« Ich rieb mir die Schläfe, wo eine Ader zu pochen begonnen hatte. »Hör zu, wir machen es so. Warum leitest du nicht einfach alles in die Wege? Ich werde eurer Mutter morgen etwas Geld schicken und noch zusätzlich fünfundvierzig Dollar für die Karten drauflegen. Wenn ich nicht mitkommen kann, werde ich es euch wissen lassen, und dann könnt ihr einfach eine Karte verschenken und euch den anderen anschließen. Wie hört sich das an?«

Es gab eine Pause. »Die Sache ist die, Jack hat gesagt, dass er mit uns geht, wenn du keine Zeit hast.«

»Jack?«

»Moms Freund.«

»Mhm.«

»Aber weißt du, das soll eine Vater-Sohn-Sache sein, und er ist nicht unser Vater.«

»Okay. Kannst du einen Moment dranbleiben?« Ich benötigte nicht wirklich einen Drink, konnte aber auch nicht sehen, wie er mir schaden könnte. Ich verschloss die Flasche wieder und sagte: »Wie kommt ihr mit Jack aus?«

»Oh, er ist in Ordnung.«

»Das ist gut. Nun, wie hört sich das an: Ich werde mit euch hingehen, wenn ich es irgendwie schaffe. Falls nicht, könnt ihr meine Karte Jack geben und mit ihm gehen. Okay?«

Dabei beließen wir es.

*   *   *

Im Armstrong's nickte ich vier oder fünf Leuten zu, konnte aber den Mann, den ich suchte, nicht entdecken. Ich setzte mich an meinen Tisch. Als Trina zu mir kam, fragte ich sie, ob Doug Fuhrmann hier gewesen war.

»Du bist eine Stunde zu spät dran«, sagte sie. »Er hat reingeschaut, ein Bier getrunken, die Zeche mit einem Scheck bezahlt und ist verschwunden.«

»Weißt du zufällig, wo er wohnt?«

Sie schüttelte den Kopf. »Irgendwo hier im Viertel, aber ich kann dir nicht sagen, wo. Warum?«

»Ich wollte mit ihm sprechen.«

»Ich werde Don fragen.«

Aber Don wusste es auch nicht. Ich aß einen Teller Erbsensuppe und einen Hamburger. Als Trina mir den Kaffee brachte, setzte sie sich mir gegenüber hin und stützte ihr kleines, spitzes Kinn auf den Rücken ihrer Hand. »Du hast eine komische Laune«, sagte sie.

»Ich habe immer komische Laune.«

»Komisch für deine Verhältnisse, meine ich. Entweder arbeitest du oder du bist wegen irgendetwas angespannt.«

»Vielleicht beides.«

»Arbeitest du?«

»Mhm.«

»Ist das der Grund, weshalb du Doug Fuhrmann suchst? Arbeitest du für ihn?«

»Für einen Freund von ihm.«

»Hast du es mal mit dem Telefonbuch versucht?«

Ich berührte die Spitze ihrer kleinen Nase mit meinem Zeigefinger. »Du solltest Detektivin werden«, sagte ich. »Du würdest wahrscheinlich sehr viel besser sein als ich.«

Nur, dass er nicht im Telefonbuch stand.

Es gab ungefähr zwei Dutzend Fuhrmanns im Verzeichnis für Manhattan, zweimal so viele Furmans und eine Handvoll Fermans und Fermins. All das stellte ich fest, nachdem ich mich mit dem Telefonbuch in mein Hotelzimmer zurückgezogen hatte. Dann fing ich in der Telefonzelle in der Lobby mit dem Telefonieren an, wobei ich regelmäßig Pausen einlegte, um mir von Vinnie neue Zehn-Cent-Stücke geben zu lassen. Telefonate aus meinem Zimmer kosten doppelt, und es ist sowieso schon ärgerlich genug, Münzen sinnlos zu vergeuden. Ich versuchte es bei allen Fuhrmanns in einem Umkreis von zwei Meilen um das Armstrong's, egal wie sie geschrieben wurden, und ich sprach mit vielen Leuten, die denselben Nachnamen trugen wie mein schreibender Freund, und auch mit ein paar mit demselben Vornamen, aber ich bekam niemanden ans Telefon, der ihn kannte. Ich verbrauchte sehr viele Münzen, bevor ich aufgab.

Um elf ging ich zurück ins Armstrong's, vielleicht auch ein bisschen später. Ein paar Krankenschwestern saßen an meinem gewohnten Tisch, weshalb ich mich an einen am Rand setzte. Ich warf einen schnellen Blick auf die Meute an der Bar, nur um sicherzugehen, dass sich Fuhrmann nicht dort befand, und dann huschte Trina zu mir und sagte: »Schau nicht hin und so, aber an der Bar steht einer, der nach dir gefragt hat.«

»Ich wusste nicht, dass du reden kannst, ohne die Lippen zu bewegen.«

»Ungefähr dritter Hocker von der Seite. Großer Kerl, er trug einen Hut, aber ich weiß nicht, ob er ihn noch aufhat.«

»Hat er.«

»Kennst du ihn?«

»Du könntest jederzeit diese Schinderei hier aufgeben und Bauchrednerin werden«, schlug ich vor. »Oder du könntest in einem dieser alten Gefängnisfilme mitspielen. Wenn sie die noch machen. Er kann deine Lippen nicht lesen, Mädchen. Du stehst mit dem Rücken zu ihm.«

»Kennst du ihn?«

»Mhm. Es ist okay.«

»Soll ich ihm sagen, dass du hier bist?«

»Nicht nötig. Er kommt bereits rüber. Frag Don, was er trinkt, und bring ihm einen neuen Drink. Und für mich das Übliche.«

Ich sah zu, wie Eddie Koehler zu mir kam, einen Stuhl vom Tisch zog und sich darauf niederließ. Wir sahen einander mit sorgfältig abschätzenden Blicken an.

Er holte eine Zigarre aus seiner Jackentasche und wickelte sie aus, dann klopfte er seine Taschen ab, bis er einen Zahnstocher gefunden hatte, mit dem er ein Loch in ihr Ende bohrte. Er verbrachte viel Zeit damit, die Zigarre anzuzünden, und drehte sie dabei in der Flamme, damit sie gleichmäßig brannte.

Wir hatten noch kein Wort gesprochen, als Trina mit den Drinks zurückkam. Seiner sah nach Scotch und Wasser aus. Sie fragte ihn, ob er es vermischt haben wollte, und er nickte. Sie schüttete das Wasser in den Scotch und stellte das Glas vor ihn auf den Tisch, dann servierte sie mir meinen Kaffee und einen doppelten Bourbon. Ich nahm einen kleinen Schluck vom Bourbon und kippte den Rest davon in den Kaffee.

Eddie sagte: »Du bist schwer zu erreichen. Ich hab ein paar Nachrichten für dich hinterlassen. Ich vermute, du bist noch nicht in deinem Hotel vorbeigekommen, um sie zu erhalten.«

»Ich habe sie erhalten.«

»Ja, das hat mir der Typ an der Rezeption vorhin auch gesagt, als ich nachgefragt habe. Also vermute ich, dass ich gerade telefoniert habe, als du versucht hast, mich zurückzurufen.«

»Ich habe dich nicht zurückgerufen.«

»Wirklich?«

»Ich hatte Dinge zu erledigen, Eddie.«

»Keine Zeit, einen alten Freund anzurufen, was?«

»Ich wollte dich morgen früh anrufen.«

»Mhm.«

»Irgendwann morgen, jedenfalls.«

»Mhm. Heute Abend warst du zu beschäftigt.«

»Das ist richtig.«

Er schien zum ersten Mal seinen Drink zu bemerken. Er blickte ihn an, als wäre es der erste, den er jemals zu Gesicht bekommen hatte. Er nahm die Zigarre in die linke Hand und hob mit der rechten das Glas. Er schnüffelte daran und blickte mich an. »Riecht so wie das, was ich getrunken habe«, sagte er.

»Ich hab ihr gesagt, dass sie dir noch einen davon bringen soll.«

»Es ist nichts Ausgefallenes. Seagram's. Den trinke ich schon seit Jahren.«

»Das stimmt, den hast du immer getrunken.«

Er nickte. »Natürlich kommt es selten vor, dass ich mehr als zwei oder drei am Tag trinke. Zwei, drei Drinks – ich tippe, die hast du schon zum Frühstück, was, Matt?«

»Oh, es ist nicht ganz so schlimm, Eddie.«

»Nein? Freut mich das zu hören. Man hört Sachen, weißt du. Du würdest dich wundern, was man so hört.«

»Kann ich mir vorstellen.«

»Klar kannst du das. Nun, auf was möchtest du trinken? Irgendeinen besonderen Toast?«

»Nichts Besonderes.«

»Wo wir schon bei besonders sind, was ist mit dem Sonderstaatsanwalt? Hast du etwas dagegen, auf Mr. Abner L. Prejanian anzustoßen?«

»Was auch immer du willst.«

»Gut.« Er hob das Glas. »Auf Prejanian, möge er tot umfallen und in der Hölle verrotten.«

Ich stieß mit ihm an und wir tranken.

»Du hast nichts dagegen, darauf zu trinken, hä?«

Ich zuckte mit den Schultern. »Nicht, wenn es dich glücklich macht. Ich kenne den Mann nicht, auf den wir getrunken haben.«

»Du hast den Hurensohn noch nie getroffen?«

»Nein.«

»Ich schon. Ein schmieriger, kleiner Schwanzlutscher.« Er nahm einen weiteren Schluck von seinem Drink, dann schüttelte er verärgert den Kopf und stellte das Glas auf den Tisch. »Ach, verdammte Scheiße, Matt. Wie lange kennen wir uns schon?«

»Dürften einige Jahre sein, Eddie.«

»Das denke ich auch. Was zum Teufel machst du mit einem Scheißkerl wie Broadfield, kannst du mir das sagen? Was zum Teufel gibst du dich mit dem ab?«

»Er hat mich angeheuert.«

»Wozu?«

»Beweise zu finden, die seine Unschuld belegen.«

»Einen Weg zu finden, wie er um eine Anklage wegen Mord

herumkommt, das will er von dir. Weißt du, was das für ein Hurensohn ist? Hast du eine gottverdammte Ahnung?«

»Ich habe eine ziemlich gute Vorstellung.«

»Er wird versuchen, das ganze NYPD durchzuficken, das ist alles, was er versuchen wird. Er wird diesem Bauerntölpel von Teppichhändler dabei helfen, Korruption auf höchsten Ebenen aufzudecken. Herrgott, ich hasse diesen feigen Hurensohn. Er war als Cop so korrupt, wie man es sich nur vorstellen kann. Ich meine, er ist losgezogen, um etwas abzugreifen, Matt. Hat nicht nur alles genommen, was ihm angeboten wurde. Er hat danach gejagt. Er ist losgezogen und hat wie verrückt ermittelt, auf der Suche nach Würfelspielern und Heroindealern und so weiter. Aber nicht, um sie zu verhaften. Nur wenn sie kein Geld bei sich hatten, dann durften sie den Gang aufs Revier antreten. Aber er war für sich selbst im Geschäft. Seine Polizeimarke war eine Lizenz zum Stehlen.«

»Das weiß ich alles.«

»Du weißt das alles und arbeitest trotzdem für ihn?«

»Was ist, wenn er das Mädchen nicht umgebracht hat, Eddie?«

»Sie lag mausetot in seiner Wohnung.«

»Und du denkst, dass er dumm genug ist, sie umzubringen und dort liegen zu lassen?«

»Oh, Scheiße.« Er zog an seiner Zigarre und das Ende glühte rot. »Er ist losgezogen, um die Mordwaffen loszuwerden. Womit auch immer er sie erschlagen und erstochen hat. Sagen wir, er ist runter zum Fluss gegangen und hat sie reingeworfen. Danach ist er irgendwo eingekehrt, um sich ein paar Bier zu gönnen, weil er ein eingebildeter Hurensohn ist und auch ein bisschen verrückt. Dann ist er wegen der Leiche zurückgekommen. Er wollte sie irgendwohin verfrachten, aber da waren unsere Leute schon dort und haben auf ihn gewartet.«

»Und er ist ihnen einfach in die Arme spaziert.«

»Und?«

Ich schüttelte den Kopf. »Das ergibt keinen Sinn. Vielleicht ist er ein bisschen verrückt, aber er ist sicher nicht dumm, und du behauptest, dass er sich wie ein Idiot verhalten hat. Wie kamen deine Jungs überhaupt auf die

Idee, in seine Wohnung zu gehen? In den Zeitungen stand, dass ihr einen Hinweis per Telefon bekommen habt. Stimmt das?«

»Das stimmt.«

»Anonym?«

»Ja. Und?«

»Das ist sehr praktisch. Wer würde euch einen Tipp geben können? Hat sie geschrien? Hat noch jemand anderes sie gehört? Woher kam der Tipp?«

»Was für einen Unterschied macht das? Vielleicht hat jemand in ein Fenster geguckt. Wer auch immer angerufen hat, hat gesagt, dass in dieser bestimmten Wohnung eine Frau ermordet wurde, und ein paar Jungs sind hingegangen und haben eine Freu mit einer Beule am Kopf und einer Stichwunde im Rücken gefunden, und sie war tot. Wen kümmert es, woher der Hinweisgeber wusste, dass sie dort war?«

»Vielleicht macht es einen Unterschied. Wenn er sie dorthin geschafft hat, zum Beispiel.«

»Ach, komm schon, Matt.«

»Ihr habt keine eindeutigen Beweise. Keine. Es sind alles nur Indizien.«

»Es genügt, um den Sarg zuzunageln. Wir haben ein Motiv, wir haben eine Gelegenheit, wir haben die tote Frau in seiner verdammten Wohnung, um Himmels willen! Was brauchst du noch? Er hatte alle Gründe der Welt, sie umzubringen. Sie hat seine Eier an die Wand genagelt, und natürlich wollte er sie tot sehen.« Er trank noch mehr von seinem Drink. Er sagte: »Weißt du, du warst mal ein verdammt guter Cop. Vielleicht macht sich langsam der Alk bei dir bemerkbar. Vielleicht ist es mehr, als du vertragen kannst.«

»Kann sein.«

»Ach, zum Teufel.« Er seufzte tief. »Du kannst sein Geld nehmen, Matt. Irgendwie muss man ja sein Brot verdienen. Ich weiß, wie es ist. Aber komm uns nicht in die Quere, ja? Nimm sein Geld und schröpfe ihn, so gut du kannst. Zum Teufel, er hat es oft genug selbst getan. Soll doch zur Abwechslung mal er für dumm verkauft werden.«

»Ich denke nicht, dass er sie getötet hat.«

»Scheiße.« Er nahm die Zigarre aus dem Mund und starrte sie an, dann klemmte er sie sich zwischen die Zähne und zog daran. Schließlich sagte er mit weicherem Ton: »Weißt du, Matt, das NYPD ist heutzutage ziemlich sauber. Sauberer als seit vielen Jahren. Fast alle der Zuwendungen alten Stils wurden beseitigt. Es gibt immer noch Leute, die viel Geld nehmen, das ist keine Frage, aber das alte System mit dem Geld, das von einem Boten gebracht und in einem ganzen Revier verteilt wurde, das sieht man nicht mehr.«

»Nicht einmal im Norden der Stadt?«

»Nun, eines der Reviere im Norden ist wahrscheinlich noch ein bisschen schmutzig. Es ist schwer, die da oben sauber zu halten. Du weißt, wie das ist. Aber davon abgesehen, steht das NYPD vergleichsweise gut da.«

»Also?«

»Also, wir kontrollieren uns selbst ganz gut, und dann lässt uns dieser Hurensohn wieder wie Scheiße aussehen, und eine Menge guter Männer wird an die Wand gestellt werden, nur weil ein Hurensohn ein Engel sein will und ein anderer Hurensohn von Teppichhändler Gouverneur werden will.«

»Das ist der Grund, weshalb du Broadfield hasst, aber–«

»Du hast verdammt Recht, ich hasse ihn.«

»–aber warum willst du, dass er im Knast landet?« Ich beugte mich vor. »Er ist bereits erledigt, Eddie. Er ist ruiniert. Ich habe mit einem von Prejanians Mitarbeitern gesprochen. Sie können nichts mehr mit ihm anfangen. Er könnte morgen vom Haken sein und Prejanian würde es nicht wagen, ihn anzufassen. Wer auch immer ihn hereingelegt hat, hat aus deiner Sicht ganze Arbeit geleistet. Was stört dich daran, dass ich hinter dem Mörder her bin?«

»Wir haben den Mörder bereits gefasst. Er sitzt in einer Zelle im Tombs.«

»Lass uns einfach mal annehmen, dass du dich irrst, Eddie. Was dann?«

Er starrte mich an. »In Ordnung«, sagte er. »Nehmen wir an, ich irre mich. Nehmen wir an, dein Junge ist so sauber und rein wie der Schnee. Sagen wir, er hat nie in seinem Leben etwas Schlechtes getan. Sagen wir, jemand anderes hat diese wie-heißt-sie-noch umgebracht.«

»Portia Carr.«

»Richtig. Und jemand hat es absichtlich so gedreht, dass der Verdacht auf Broadfield fällt und er in die Falle tappt.«

»Und?«

»Und du suchst nach dem Kerl und erwischt ihn.«

»Und?«

»Und er ist ein Cop, denn wer sonst würde so einen verdammt guten Grund dafür haben, dass Broadfield im Knast landet?«

»Oh.«

»Ja, *oh*. Das wird prima aussehen, oder?« Sein Kinn zielte auf mich, die Sehnen an seinem Hals waren angespannt. Seine Augen waren wild. »Ich sage nicht, dass es sich so verhält«, sagte er. »Denn soweit es mich betrifft, ist Broadfield so schuldig wie Judas, aber wenn er es nicht ist, dann hat ihn jemand hereingelegt, und wer könnte das gewesen sein außer ein paar Cops, die dafür sorgen wollten, dass der Hurensohn bekommt, was er verdient? Und das würde wunderbar aussehen, oder? Ein Cop tötet ein Mädchen und hängt es einem anderen Cop an, um eine Untersuchung von Polizeikorruption abzuwenden. Das würde einfach wunderbar aussehen.«

Ich dachte darüber nach. »Und wenn es sich so verhält, möchtest du lieber, dass Broadfield für etwas im Knast landet, das er nicht getan hat, anstatt dass die Wahrheit ans Licht kommt. Willst du darauf hinaus?«

»Scheiße.«

»Willst du darauf hinaus, Eddie?«

»Ach, um Himmels Willen. Ich würde ihn am liebsten tot sehen. Selbst wenn ich ihm selbst das Hirn auspusten müsste.«

»Matt? Bist du okay?«

Ich blickte hoch zu Trina. Sie hatte die Schürze abgenommen und ihren Mantel über dem Arm hängen. »Du gehst?«

»Ich hab gerade meine Schicht beendet. Du hast eine Menge Bourbon getrunken. Ich hab mich nur gefragt, ob du okay bist.«

Ich nickte.

»Wer war der Mann, mit dem du gesprochen hast?«

»Ein alter Freund. Er ist ein Cop, ein Lieutenant vom Sechsten Revier.

Das ist unten im Village.« Ich nahm mein Glas in die Hand, stellte es aber wieder ab, ohne daraus zu trinken. »Er war so ziemlich der beste Freund, den ich bei der Polizei hatte. Wir waren keine dicken Kumpel, aber wir kamen gut miteinander aus. Natürlich entwickelt man sich im Laufe der Jahre auseinander.«

»Was wollte er?«

»Er wollte nur reden.«

»Du schienst aufgebracht zu sein, nachdem er gegangen war.«

Ich blickte zu ihr hoch. Ich sagte: »Die Sache ist die, Mord macht einen Unterschied. Einem Menschen das Leben zu nehmen, das ist etwas komplett anderes. Niemand sollte es erlaubt sein, damit davonzukommen. Niemand sollte es jemals erlaubt sein, damit davonzukommen.«

»Ich kann dir nicht folgen.«

»Er hat es nicht getan, verdammt noch mal. Er war es nicht, er ist unschuldig und es kümmert keinen. Es kümmert Eddie Koehler nicht. Ich kenne Eddie Koehler. Er ist ein guter Cop.«

»Matt–«

»Aber es kümmert ihn nicht. Er will, dass ich nur so tue und mir keine Mühe gebe, weil er will, dass der arme Schweinehund für einen Mord ins Gefängnis wandert, den er nicht begangen hat. Und er will, dass derjenige, der es getan hat, unbehelligt davonkommt.«

»Ich glaube nicht, dass ich verstehe, was du sagst, Matt. Hör zu, lass den Drink stehen, ja? Du brauchst ihn nicht wirklich, oder?«

Mir erschien alles völlig klar. Ich konnte nicht begreifen, warum Trina Schwierigkeiten hatte, mir zu folgen. Meine Aussprache war deutlich genug und meine Gedanken flossen, zumindest für mich, mit kristalliner Klarheit.

»Kristalline Klarheit«, sagte ich.

»Was?«

»Ich weiß, was er will. Niemand anderes kommt darauf, aber es ist offensichtlich. Weißt du, was er will, Diana?«

»Ich bin Trina, Matt. Baby, weißt du nicht mehr, wer ich bin?«

»Natürlich weiß ich das. Kleiner Versprecher. Weißt du nicht, was er will, Süße? Er will den Ruhm.«

»Wer, Matt? Der Mann, mit dem du gesprochen hast?«

»Eddie?« Ich lachte bei dem Gedanken. »Eddie schert sich absolut nicht um Ruhm. Ich rede von Jerry. Dem guten alten Jerry.«

»Mhm.« Sie löste meine Finger vom Whiskeyglas und hob es hoch. »Ich bin gleich zurück«, sagte sie. »Ich bin sofort wieder hier, Matt.« Und dann ging sie weg, und kurz darauf war sie zurück. Vielleicht sprach ich weiter zu ihr, während sie sich nicht bei mir am Tisch befand. Ich kann es nicht sicher ausschließen.

»Lass uns gehen, Matt. Ich bringe dich nach Hause, okay? Oder willst du bei mir übernachten?«

Ich schüttelte den Kopf. »Geht nicht.«

»Natürlich geht es.«

»Nein. Ich muss mit Doug Fuhrmann sprechen. Es ist sehr wichtig, dass ich den alten Doug spreche, Baby.«

»Hast du ihn im Telefonbuch gefunden?«

»Das ist es. Ein Buch. Er kann uns alle in ein Buch packen, Baby. Das ist seine Rolle dabei.«

»Ich verstehe nicht.«

Ich runzelte irritiert die Stirn. Was ich sagte, ergab absolut Sinn, und ich konnte nicht verstehen, warum sie nicht in der Lage war, mir zu folgen. Sie war ein kluges Mädchen, Trina, das war sie. Sie sollte fähig sein, es zu verstehen.

»Die Zeche«, sagte ich.

»Du hast die Zeche schon bezahlt, Matt. Und du hast mir Trinkgeld gegeben, zu viel. Komm schon, bitte, steh auf, sei ein Engel. Oh Baby, die Welt hat dir übel mitgespielt, oder? Es ist okay. So oft wie du mir geholfen hast, die Dinge auf die Reihe zu bekommen, da kann ich es auch ab und zu mal für dich tun, oder?«

»Die Zeche, Trina.«

»Du hast die Zeche bezahlt, hab ich dir doch gerade gesagt, und–«

»Fuhrmanns Scheck.« Es war jetzt leichter, klar zu sprechen, leichter, klar zu denken, weil ich auf meinen Beinen stand. »Er hat heute Abend hier einen Scheck eingelöst. Das hast du gesagt.«

»Und?«

»Der Scheck dürfte in der Kasse sein, oder?«

»Klar. Na und? Hör zu, Matt, lass uns rausgehen an die frische Luft, dann wird es dir gleich viel besser gehen.«

Ich hob eine Hand. »Mir geht es gut«, beharrte ich. »Fuhrmanns Scheck ist in der Kasse. Frag Don, ob ich einen Blick darauf werfen kann.« Sie konnte mir immer noch nicht folgen. »Seine Adresse«, erklärte ich. »Bei den meisten Leuten ist die Adresse auf die Schecks gedruckt. Daran hätte ich schon früher denken sollen. Los, geh und frag ihn. Bitte.«

Der Scheck lag in der Kasse, und er hatte seine Adresse aufgedruckt. Sie kam zurück und las mir die Adresse vor. Ich gab ihr mein Notizbuch und einen Kuli und bat sie, sie für mich einzutragen.

»Aber du kannst jetzt nicht dorthin gehen, Matt. Es ist zu spät und du bist nicht in der Verfassung dazu.«

»Es ist zu spät und ich bin zu betrunken.«

»Morgen früh–«

»Normalerweise betrinke ich mich nicht so sehr, Trina. Aber ich bin in Ordnung.«

»Natürlich bist du das, Baby. Lass uns rausgehen an die Luft. Siehst du? Es ist schon besser. Das ist mein Baby.«

Kapitel 8

Es war ein schwerer Morgen. Ich schluckte ein paar Aspirintabletten und ging rüber ins Red Flame, um eine Menge Kaffee zu trinken. Davon fühlte ich mich etwas besser. Meine Hände zitterten leicht und mein Magen drohte weiter, einen Salto zu schlagen.

Was ich wollte, war ein Drink. Aber ich wollte ihn so sehr, dass ich wusste, dass es besser war, ihn nicht zu nehmen. Es gab Dinge, die ich tun musste, Orte, die ich aufsuchen musste, Leute, mit denen ich sprechen musste. Also hielt ich mich an den Kaffee.

Im Postamt in der 60th Street kaufte ich eine Postanweisung über eintausend Dollar und eine weitere über fünfundvierzig Dollar. Ich adressierte einen Umschlag und schickte sie beide an Anita. Dann ging ich um die Ecke zur St. Paul's Church in der 9th Avenue. Ich muss für fünfzehn oder zwanzig Minuten in der Kirche gesessen haben, ohne an irgendetwas Bestimmtes zu denken. Auf dem Weg nach draußen hielt ich vor der Statue des Heiligen Antonius und zündete ein paar Kerzen für abwesende Freunde an. Eine für Portia Carr, eine für Estrellita Rivera, weitere für andere Leute. Dann stopfte ich fünf Fünfzig-Dollar-Scheine in die Almosenbüchse und ging hinaus in die kalte Morgenluft.

Ich habe eine seltsame Beziehung zu Kirchen, eine Beziehung, die ich selbst nicht richtig verstehe. Sie nahm ihren Anfang, kurz nachdem ich in mein Hotel in der 57th Street gezogen war. Ich begann, Zeit in Kirchen zu verbringen, und ich begann, Kerzen anzuzünden, und schließlich begann ich, meinen Zehnten zu zahlen. Letzteres ist von allem das Merkwürdigste. Ich gebe zehn Prozent von dem Geld, das ich verdiene, an die erste Kirche, die ich aufsuche, nachdem ich das Geld erhalten habe. Ich weiß nicht, was sie mit dem Geld anstellen. Wahrscheinlich verwenden sie eine Hälfte dazu, glückliche Heiden zu bekehren, und mit der anderen kaufen sie der Priesterschaft große Autos. Aber ich gebe ihnen weiterhin mein Geld und frage mich weiterhin, warum.

Die Katholiken bekommen wegen der Öffnungszeiten das meiste von meinem Geld. Ihre Kirchen haben am häufigsten geöffnet. Ansonsten bin ich so ökumenisch, wie man es sich nur wünschen kann. Zehn Prozent von Broadfields erster Entlohnung hatte St. Bartholomew's, eine Episkopalkirche in Portia Carrs Viertel, bekommen und nun erhielt St. Paul's zehn Prozent seiner zweiten Entlohnung.

Weiß Gott warum.

Doug Fuhrmann wohnte in der 9th Avenue zwischen der 53rd und der 54th Street. Links von dem Eisenwarengeschäft im Erdgeschoss gab es einen Eingang, über dem ein Schild möblierte Zimmer auf Wochen- oder Monatsbasis zur Miete anpries. Im Windfang gab es weder Briefkästen noch individuelle Klingeln. Ich drückte die Klingel neben der inneren Tür und wartete, bis eine Frau mit leuchtend hennaroten Haaren zur Tür schlurfte und sie öffnete. Sie trug einen karierten Morgenrock und schäbige Nachtpantoffeln. »Wir sind voll«, sagte sie. »Versuchen Sie es drei Häuser weiter, bei dem ist normalerweise was frei.«

Ich sagte ihr, dass ich Douglas Fuhrmann suchte.

»Dritter Stock zur Straße«, sagte sie. »Erwartet er Sie?«

»Ja.« Obwohl das nicht stimmte.

»Denn normalerweise schläft er lange. Sie können hochgehen.«

Ich stieg drei Stockwerke die Treppe hoch und kämpfte mich dabei durch die bitteren Gerüche eines Gebäudes, das schon lange gemeinsam mit seinen Bewohnern aufgegeben hatte. Ich war überrascht, dass Fuhrmann in einem solchen Haus wohnte. Männer, die in heruntergekommenen Wohnheimen in Hell's Kitchen wohnen, haben ihre Adresse normalerweise nicht auf Schecks stehen. Normalerweise haben sie gar kein Bankkonto.

Ich stand vor seiner Tür. Das Radio lief, und dann hörte ich einen

Ausbruch von sehr schnellem Schreibmaschinengeklapper, danach wieder nichts außer dem Radio. Ich klopfte an die Tür. Es war zu hören, wie ein Stuhl zurückgeschoben wurde, und dann fragte Fuhrmanns Stimme, wer da war.

»Scudder.«

»Matt? Eine Sekunde.« Ich wartete und die Tür öffnete sich. Fuhrmann begrüßte mich mit einem breiten Lächeln. »Komm rein«, sagte er. »Mensch, du siehst richtig übel aus. Bist du erkältet oder was?«

»Ich hatte eine schwere Nacht.«

»Willst du Kaffee? Ich kann dir eine Tasse löslichen machen. Wie hast du mich überhaupt gefunden? Oder ist das ein Berufsgeheimnis? Ich vermute, dass Detektive sehr gut darin sein müssen, Leute zu finden.«

Er wuselte umher, steckte einen elektrischen Teekessel ein, gab Pulverkaffee in zwei weiße Porzellantassen. Er hörte nicht auf zu reden, aber ich hörte ihm nicht zu. Ich war damit beschäftigt, seine Unterkunft in Augenschein zu nehmen.

Ich war nicht auf sie vorbereitet gewesen. Es war nur ein Zimmer, aber es war groß, etwa fünf mal acht Meter, mit zwei Fenstern, die einen Blick auf die 9th Avenue boten. Was es so besonders machte, war der Kontrast zwischen dem Zimmer und dem Gebäude, in dem es sich befand. All die Trostlosigkeit und der Verfall stoppten an Fuhrmanns Schwelle.

Er hatte einen Teppich auf dem Boden, entweder einen echten Perser oder eine überzeugende Kopie. An den Wänden befanden sich fest eingebaute Bücherregale, die vom Boden bis zur Decke reichten. Vor den Fenstern stand ein dreieinhalb Meter langer Schreibtisch, der ebenfalls eingebaut war. Selbst die Farbe an den Wänden war markant; die Wände waren – dort, wo sie nicht von Bücherregalen verdeckt waren – in einem dunklen Elfenbein gestrichen, die Zierleisten hoben sich durch glänzende weiße Lackfarbe ab.

Er beobachtete, wie ich alles in mich aufnahm, und seine Augen tanzten hinter den dicken Brillengläsern. »Jeder reagiert auf diese Weise«, sagte er. »Man steigt die Treppe hoch und es ist deprimierend, oder? Und dann spaziert man in meine kleine Klause und man bekommt fast einen Schock.« Der Teekessel pfiff und er goss unseren Kaffee auf. »Natürlich hab ich das nicht so geplant«, sagte er. »Ich bin vor gut zwölf Jahren hier eingezogen, weil ich mir das Zimmer leisten konnte und es ansonsten kaum etwas anderes gab, das ich mir hätte leisten können. Damals hab ich vierzehn Dollar die Woche bezahlt. Und ich sage dir, es gab Wochen, in denen es ein echter Kampf war, die vierzehn Dollar zusammenzukratzen.«

Er rührte den Kaffee um und gab mir meine Tasse. »Dann ergab es sich zwar, dass ich einigermaßen verdiente, aber selbst dann zögerte ich mit dem Ausziehen. Ich mag die Gegend, die Atmosphäre hier. Ich mag sogar den Namen des Viertels. *Hell's Kitchen.* Wenn man ein Schriftsteller sein will, wo könnte man besser leben, als in des Teufels Küche? Außerdem wollte ich mich nicht auf eine hohe Miete einlassen. Ich bekam Aufträge als Ghostwriter, ich war dabei, eine Liste von Zeitschriftenredakteuren aufzubauen, die meine Arbeiten kannten, aber selbst so ist es kein beständiges Geschäft und ich wollte nicht jeden Monat eine große Nuss knacken müssen. Also, was ich getan habe, war, dass ich angefangen habe, dieses Zimmer in Ordnung zu bringen und es erträglich zu machen. Immer nur Kleinigkeiten. Der erste Schritt war, eine komplette Alarmanlage einzubauen, denn ich bekam wirklich Angst davor, dass mir irgend so ein Junkie die Tür eintreten und mit meiner Schreibmaschine abziehen könnte. Dann kamen die Bücherregale, weil ich genug davon hatte, alle meine Bücher in Pappschachteln zu lagern. Und dann der Schreibtisch, und danach habe ich das ursprüngliche Bett, in dem wahrscheinlich schon George Washington geschlafen hat, entsorgt und mir dieses Plattform-Bett gekauft, in dem locker acht Leute Platz haben. Und Stück für Stück kam das Zimmer zusammen. Mir gefällt es irgendwie. Ich denke nicht, dass ich jemals ausziehen werde.«

»Es passt zu dir, Doug.«

Er nickte eifrig. »Ja, ich denke, das tut es. Vor ein paar Jahren fing ich an, nervös zu werden, weil mir der Gedanke kam, dass sie mich rauswerfen könnten. Ich hatte eine Menge in das Zimmer investiert und was würde ich tun, wenn sie meine Miete erhöhten? Ich meine, um Himmels Willen, ich hab noch immer wöchentlich bezahlt. Die Miete war etwas höher, sie lag vielleicht bei zwanzig Dollar, aber angenommen, sie würden sie auf hundert pro Woche erhöhen? Wer kann vorhersagen, was sie tun werden, oder? Also, was ich getan habe, war Folgendes: Ich hab ihnen gesagt, dass ich einhundertfünfundzwanzig im Monat zahlen würde, und darüber hinaus würde ich ihnen noch fünfhundert in Bar unter dem Tisch geben. Als Gegenleistung wollte ich einen Mietvertrag über dreißig Jahre.«

»Und den haben sie dir gegeben?«

»Hast du jemals von jemandem mit einem Mietvertrag über dreißig Jahre für ein Zimmer in der 9th Avenue gehört? Die dachten, dass sie es mit einem kompletten Idioten zu tun hatten.« Er gluckste. »Darüber hinaus haben sie nie ein Zimmer für mehr als zwanzig Dollar pro Woche vermietet, und ich hab ihnen dreißig plus Geld unter dem Tisch angeboten. Sie haben einen Mietvertrag ausgestellt und ich hab ihn unterschrieben. Weißt du, was man jetzt für ein Einzimmerapartment dieser Größe und in dieser Lage bezahlt?«

»Jetzt? Zweifünfzig, dreihundert.«

»Locker dreihundert. Und ich zahle noch immer einhundertfünfundzwanzig. In weiteren zwei oder drei Jahren wird das Zimmer hier fünfhundert im Monat wert sein, vielleicht sogar tausend, wenn es mit der Inflation so weitergeht. Und ich werde *weiterhin* einhundertfünfundzwanzig zahlen. Es gibt einen Typen, der die 9th Avenue hoch und runter Immobilien aufkauft. Eines Tages werden sie anfangen, diese Gebäude wie Kegel umstürzen zu lassen. Aber sie werden mich entweder aus meinem Mietvertrag herauskaufen oder bis 1998 warten müssen, um das Gebäude einzureißen, denn so lange läuft mein Mietvertrag noch. Hübsch, oder?«

»Du hast ein gutes Geschäft gemacht, Doug.«

»Das einzig Kluge, was ich jemals in meinem Leben getan habe, Matt. Und ich wollte nicht einmal klug sein. Es war nur, dass ich mich hier wohlfühle und es hasse umzuziehen.«

Ich nahm einen Schluck von meinem Kaffee. Er war nicht viel schlechter als der, den ich zum Frühstück getrunken hatte. Ich sagte: »Wie sind du und Broadfield so dicke Freunde geworden?«

»Ja, ich hab mir schon gedacht, dass du deshalb hier bist. Ist er verrückt oder was? Warum hat er sie umgebracht? Das ergibt überhaupt keinen Sinn.«

»Das weiß ich.«

»Er hat auf mich immer wie ein ausgeglichener Typ gewirkt. Männer, die so groß sind, müssen ruhig bleiben, sonst richten sie zu viel Schaden an. Bei einem Kerl wie mir könnte leicht die Sicherung durchbrennen und es würde keine Rolle spielen, denn ich bräuchte ein Geschütz, um irgendwelchen Schaden anzurichten, aber Broadfield – ich vermute, er ist explodiert und hat sie umgebracht, was?«

Ich schüttelte den Kopf. »Jemand hat ihr einen Schlag auf den Kopf versetzt und sie dann erstochen. So etwas macht man nicht im Affekt.«

»Wie du das sagst, hört es sich nicht so an, als würdest du denken, dass er es getan hat.«

»Ich bin mir sicher, dass er es nicht getan hat.«

»Bei Gott, ich hoffe, du hast Recht.«

Ich blickte ihn an. Die hohe Stirn und die dicke Brille verliehen ihm das Aussehen eines überaus intelligenten Insekts. Ich sagte: »Doug, woher kennst du ihn?«

»Von einem Artikel, den ich mal geschrieben habe. Für die Recherche musste ich mit ein paar Cops reden, und er war einer von ihnen. Wir haben uns ziemlich gut verstanden.«

»Wann war das?«

»Vor vier oder fünf Jahren vielleicht. Warum?«

»Und ihr seid nur Freunde? Und das ist der Grund, weshalb er sich an dich gewandt hat, als er in der Klemme steckte?

»Nun, ich denke nicht, dass er *zu viele* Freunde hat, Matt. Und er konnte sich nicht an Freunde bei der Polizei wenden. Er hat mir einmal gesagt, dass Cops normalerweise nicht viele Freunde haben, die nicht bei der Polizei sind.«

Das war allerdings wahr. Aber Broadfield schien auch nicht viele Freunde *bei* der Polizei zu haben.

»Warum ist er überhaupt zu Prejanian gegangen, Doug?«

»Zum Teufel, frag nicht mich. Frag ihn.«

»Aber du weißt die Antwort, oder?«

»Matt–«

»Er will ein Buch schreiben. Das ist es, oder? Er will genug Aufsehen erregen, um berühmt zu werden, und er will, dass du sein Buch für ihn schreibst. Und dann kann er in all die Fernsehtalkshows gehen und dieses attraktive Grinsen zur Schau stellen und eine Menge wichtiger Leute duzen. Auf diese Weise bist du in die Sache verwickelt. Es ist die einzige Weise, auf die du darin verwickelt sein kannst, und es ist der einzige Grund, aus dem er sich zu Abner Prejanian begeben hätte.«

Er wollte mich nicht anblicken. »Er wollte, dass es ein Geheimnis bleibt, Matt.«

»Klar. Und danach würde er einfach zufällig ein Buch schreiben. Als Reaktion auf das öffentliche Interesse.«

»Es könnte ein Bestseller werden. Nicht nur seine Rolle bei der Untersuchung, sondern sein ganzes Leben. Er hat mir das faszinierendste Zeug erzählt, das ich jemals gehört habe. Ich wünschte, er hätte mich etwas davon aufnehmen lassen, aber bis jetzt ist alles vertraulich. Als ich gehört habe, dass er sie umgebracht hat, hab ich die Gefahr gesehen, dass die Chance meines Lebens den Bach runtergeht. Aber wenn er wirklich unschuldig ist−«

»Wie kam er auf die Idee mit dem Buch?«

Er zögerte, dann zuckte er mit den Schultern. »Du kannst genauso gut alles wissen. Es ist ein natürlicher Gedanke, Cop-Bücher sind heutzutage überaus beliebt, aber vielleicht wäre er nicht von allein auf die Idee gekommen.«

»Portia Carr.«

»Genau, Matt.«

»Sie hat es vorgeschlagen? Nein, das ergibt keinen Sinn.«

»Sie hat davon gesprochen, selbst ein Buch zu schreiben.«

Ich stellte die Tasse ab und ging hinüber zum Fenster. »Was für eine Art von Buch?«

»Ich weiß es nicht. Irgendetwas wie *Die fröhliche Nutte*, vermute ich. Was spielt das für eine Rolle?«

»Hardesty.«

»Hä?«

»Ich wette, deshalb ist er zu Hardesty gegangen.«

Ich blickte ihn an.

»Knox Hardesty«, sagte ich. »Der Bezirksstaatsanwalt. Broadfield ist zuerst zu ihm gegangen, bevor er Prejanian aufgesucht hat, und als ich ihn fragte warum, hat seine Antwort nicht viel Sinn ergeben. Denn Prejanian war der logische Ansprechpartner. Polizeikorruption ist sein besonderes Interessengebiet, während sie bei einem Bundesanwalt keinen sonderlich großen Eindruck machen würde.«

»Und?«

»Und Broadfield hätte das gewusst. Er hätte Hardesty nur gewählt, wenn er gedacht hätte, einen besonderen Zugang zu haben. Er hat die Idee, ein Buch zu schreiben, wahrscheinlich von Portia Carr bekommen. Vielleicht hat er die Idee mit Hardesty ebenfalls von ihr bekommen.«

»Was hatte Portia Carr mit Knox Hardesty zu tun?«

Ich sagte ihm, dass das eine gute Frage war.

Kapitel 9

Hardesty hatte sein Büro gemeinsam mit dem Rest der Abteilungen des Justizministeriums in der 26 Federal Plaza. Dadurch befand er sich nur ein paar Blocks von Abner Prejanian entfernt; ich fragte mich, ob Broadfield sie beide am selben Tag aufgesucht hatte.

Ich rief zuerst an, um sicherzugehen, dass sich Hardesty nicht bei Gericht oder außerhalb der Stadt befand. Keines von beiden traf zu, aber ich ersparte mir den Ausflug in den Süden Manhattans, da mir seine Sekretärin mitteilte, er werde nicht ins Büro kommen, weil er wegen einer Magen-Darm-Grippe zu Hause bleiben müsse. Ich bat um seine Adresse und Telefonnummer, aber sie war nicht befugt, mir die zu geben.

Die Telefongesellschaft unterlag keinen derartigen Beschränkungen. Er wurde geführt: *Hardesty, Knox, 114 East End Avenue* und eine Nummer mit Regent-4-Vermittlung. Ich wählte die Nummer und bekam Hardesty an den Apparat. Er klang, als wäre Magen-Darm-Grippe eine höfliche Umschreibung für einen Kater gewesen. Ich nannte ihm meinen Namen und sagte, dass ich ihn treffen wollte. Er antwortete, dass er sich nicht gut fühle, und fing an abzuwiegeln, und die einzig vernünftige Karte, die ich besaß, war Portia Carrs Name, also spielte ich sie aus.

Ich weiß nicht genau, welche Reaktion ich erwartet hatte, aber es war bestimmt nicht die, die ich bekam. »Arme Portia. Das ist eine tragische Geschichte, oder? Waren Sie mit ihr befreundet, Scudder? Ich bin sehr gespannt darauf, Sie zu treffen. Vermutlich haben Sie gerade keine Zeit, oder? Sie haben? Gut, sehr gut. Kennen Sie meine Adresse?«

Im Taxi zu ihm wurde es mir klar. Irgendwie war es mir gelungen anzunehmen, dass Hardesty einer von Portias Kunden gewesen sein musste, und ich hatte mir vorgestellt, wie er im Ballettröckchen herumhüpfte, während sie mit der Peitsche auf ihn einschlug. Und Männer in öffentlichen Ämtern sind normalerweise nicht erfreut, von wildfremden Menschen auf ihre unorthodoxen sexuellen Vorlieben angesprochen zu werden. Ich hatte erwartet, dass er geradewegs leugnen würde, von der Existenz von Portia Carr gewusst zu haben, oder zumindest versuchen würde, dem Thema auszuweichen. Stattdessen war ich auf ein sehr eifriges Entgegenkommen gestoßen.

Also hatte ich offenbar die Dinge falsch zusammengezählt. Knox Hardesty befand sich nicht auf der Liste von Portias prominenten Kunden. Ihre Beziehung war beruflich, zweifellos, aber es ging dabei um seinen Beruf, nicht um ihren.

Und auf diese Weise ergab es sehr viel Sinn. Es passte zu Portias literarischen Ambitionen und ließ sich auch sauber mit Broadfields Bestrebungen in der gleichen Richtung verknüpfen.

Hardesty wohnte in einem Vorkriegsgebäude, das vierzehn Stockwerke hoch war. Es hatte eine Lobby im Art-déco-Stil mit hoher Decke und sehr viel schwarzem Marmor. Der Portier hatte kastanienbraunes Haar und einen Schnauzbart wie ein Nationalgardist. Er vergewisserte sich, dass ich erwartet wurde, und reichte mich an den Aufzugführer weiter, einen winzigen Schwarzen, der gerade groß genug war, den obersten Knopf zu erreichen. Und er musste ihn erreichen, denn Hardesty bewohnte das Penthouse.

Das Penthouse war beeindruckend. Hohe Decken, üppige Teppiche mit hohem Flor, Kamine, orientalische Antiquitäten. Ein jamaikanisches Dienstmädchen führte mich in das Arbeitszimmer, wo Hardesty auf mich wartete. Er erhob sich und kam mit ausgestreckter Hand hinter dem Schreibtisch hervor. Wir gaben uns die Hand und er bedeute mir, mich zu setzen.

»Einen Drink? Eine Tasse Kaffee? Ich selbst muss wegen dieses verdammten Magengeschwürs Milch trinken. Ich habe mir einen Anflug einer Magen-Darm-Grippe eingefangen und so etwas verschlimmert immer das Geschwür. Aber was möchten Sie trinken, Scudder?«

»Kaffee, wenn es keine Probleme bereitet. Schwarz.«

Hardesty wiederholte meinen Wunsch gegenüber dem Dienstmädchen, als könnte man nicht erwarten, dass es unserem Gespräch folgte. Es kehrte fast sofort mit einem spiegelnden Tablett zurück, auf dem sich eine silberne Kaffeekanne, eine Tasse mit Untertasse aus feinem Porzellan, ein silbernes Sahne-und-Zucker-Set sowie ein Löffel befanden. Ich schenkte mir eine Tasse Kaffee ein und nahm einen Schluck.

»Also, Sie haben Portia gekannt«, sagte Hardesty. Er trank etwas Milch, stellte das Glas ab. Er war großgewachsen und schlank, sein Haar ergraute prächtig an den Schläfen, seine Sommerbräune war noch nicht völlig verblasst. Ich war in der Lage gewesen, mir auszumalen, was für ein bemerkenswertes Paar Broadfield und Portia abgegeben haben mussten. Sie würde auch an Knox Hardestys Seite gut ausgesehen haben.

»Ich kannte sie nicht übermäßig gut«, sagte ich. »Aber ich habe sie gekannt, ja.«

»Ja. Hmm. Ich glaube, ich habe noch nicht nach Ihrem Beruf gefragt, Scudder.«

»Ich bin Privatdetektiv.«

»Oh, sehr interessant. Sehr interessant. Übrigens, ist der Kaffee genießbar?«

»Es ist der beste, den ich jemals getrunken habe.«

Er erlaubte sich ein Lächeln. »Meine Frau ist eine Kaffeefanatikerin. Ich selbst war nie so ein Enthusiast, und wegen des Geschwürs halte ich mich an Milch. Ich könnte die Marke für Sie herausfinden, wenn es Sie interessiert.«

»Ich wohne in einem Hotel, Mr. Hardesty. Wenn ich einen Kaffee trinken will, gehe ich über die Straße. Aber vielen Dank.«

»Nun, Sie können immer für einen anständigen Tropfen hier vorbeikommen, oder?« Er schenkte mir ein nettes, breites Lächeln. Knox Hardesty lebte nicht von seinem Gehalt als Bundesstaatsanwalt für den südlichen Bezirk von New York. Davon würde er die Miete nicht bezahlen können. Aber das hieß nicht, dass er mit ausgestreckter Hand herumlief. Großvater Hardesty war der Besitzer der Eisen- und Stahlwerke Hardesty gewesen, bevor sie von U.S. Steel aufgekauft wurden, und Großvater Knox hatte zu einer langen Reihe von Knoxes gehört, die in New England im Transportgeschäft tätig gewesen waren. Knox Hardesty konnte das Geld mit beiden Händen ausgeben und musste sich trotzdem nie Sorgen machen, wovon er das nächste Glas Milch bezahlen sollte.

Er sagte: »Ein Privatdetektiv, und Sie kannten Portia. Sie könnten sehr nützlich für mich sein, Mr. Scudder.«

»Ich hatte eher gehofft, dass es umgekehrt sein würde.«

»Wie bitte?« Sein Gesicht veränderte sich und sein Rücken wurde steif. Er sah aus, als hätte er gerade etwas überaus Unangenehmes gerochen. Ich vermute, meine Antwort hatte sich wie der Auftakt zu einem Erpressungsversuch angehört.

»Ich habe bereits einen Klienten«, sagte ich. »Ich bin zu Ihnen gekommen, um etwas herauszufinden, nicht, um Informationen weiterzugeben. Oder gar sie zu verkaufen, was das anbetrifft. Und ich bin kein Erpresser, Sir. Ich möchte nicht, dass Sie diesen Eindruck bekommen.«

»Sie haben einen Klienten.«

Ich nickte. Ich war froh, über den Eindruck, den ich erweckt hatte, auch wenn es unabsichtlich gewesen war. Seine Reaktion war ziemlich eindeutig gewesen. Wenn ich ein Erpresser wäre, würde er nichts mit mir zu tun haben wollen. Und das bedeutete normalerweise, dass die in Frage stehende Person keinen Grund hatte, sich vor einer Erpressung zu fürchten. Was auch immer seine Beziehung zu Portia gewesen war, er würde kein Problem haben, damit zu leben.

»Ich arbeite für Jerome Broadfield.«

»Der Mann, der sie getötet hat.«

»Die Polizei ist dieser Ansicht, Mr. Hardesty. Allerdings würde man erwarten, dass sie so denkt, oder nicht?«

»Guter Punkt. Soweit ich erfahren habe, wurde er mehr oder weniger auf frischer Tat ertappt. War das nicht der Fall?« Ich schüttelte den Kopf. »Interessant. Und Sie möchten herausfinden–«

»Ich möchte herausfinden, wer Miss Carr getötet und meinem Klienten eine Falle gestellt hat.«

Er nickte. »Aber ich sehe nicht, wie ich Ihnen dabei behilflich sein kann, Mr. Scudder.«

Ich war befördert worden – von Scudder zu Mr. Scudder. Ich sagte: »Woher kannten Sie Portia Carr?«

»In meinem Tätigkeitsgebiet muss man die verschiedensten Leute kennen. Die ergiebigsten Kontakte sind nicht unbedingt die Personen, mit denen man gerne in Verbindung stehen möchte. Ich bin mir sicher, dass Sie ähnliche Erfahrungen haben, oder nicht? Eine Art von investigativer Tätigkeit ist so ziemlich wie die andere, vermute ich.« Er lächelte gütig; ich sollte mich geehrt fühlen, dass er seine Arbeit mit meiner gleichsetzte.

»Ich hatte von Miss Carr gehört, bevor ich sie kennenlernte«, fuhr er fort. »Die bessere Sorte von Prostituierten kann für uns sehr nützlich sein. Mir wurde mitgeteilt, dass Miss Carr überaus teuer war und ihre Kundschaft sich vor allem für, äh, weniger gängige Formen von Sex interessierte.«

»Soweit ich weiß, war sie auf Masochisten spezialisiert.«

»Genau.« Er verzog das Gesicht; er hätte es vorgezogen, wenn ich weniger konkret gewesen wäre. »Der England-Aspekt, wissen Sie. Es ist das sogenannte englische Laster, und ein amerikanischer Masochist würde eine englische Gebieterin als besonders begehrenswert betrachten. So hat mich zumindest Miss Carr informiert. Wussten Sie, dass sich hier geborene Prostituierte zum Wohlgefallen ihrer masochistischen Kunden häufig eines englischen oder deutschen Akzents bedienen? Miss Carr hat mir versichert, dass das gängige Praxis ist. Ein deutscher Akzent findet besonders bei jüdischen Kunden Anklang, was ich faszinierend finde.«

Ich schenkte mir Kaffee nach.

»Der Umstand, dass Miss Carrs Akzent wirklich authentisch war, hat mein Interesse an ihr gesteigert. Sie war angreifbar, sehen sie.«

»Weil sie abgeschoben werden konnte.«

Er nickte. »Wir haben ein relativ gutes Arbeitsverhältnis zu den Kollegen in der Einwanderungsbehörde. Nicht, dass es oft nötig ist, Drohungen in die Tat umzusetzen. Die traditionelle Verschwiegenheit und Loyalität von Prostituierten gegenüber ihren Freiern ist ebenso eine romantische Einbildung wie ihr Herz aus Gold. Die leiseste Andeutung einer möglichen Abschiebung genügt, um sofort die vollste Kooperation zu bewirken.«

»Und das war der Fall mit Portia Carr?«

»Absolut. Um genau zu sein, war sie sogar ziemlich eifrig. Ich denke, dass sie die Mata-Hari-Rolle genoss, das Sammeln von Informationen im Bett, um sie an mich weiterzugeben. Nicht, dass es ihr gelungen wäre, mir besonders viele zu verschaffen, aber sie war dabei, sich zu einer vielversprechenden Quelle für meine Ermittlungen zu entwickeln.«

»Irgendeine bestimmte Ermittlung?«

Es gab nur ein kurzes Zögern. »Nichts Spezifisches«, sagte er. »Ich konnte nur sehen, dass sie nützlich sein würde.«

Ich trank von meinem Kaffee. Zumindest würde Hardesty mir ermöglichen herauszufinden, wie viel mein eigener Klient wusste. Da sich Broadfield entschieden hatte, sich zu zieren, musste ich auf indirektem Weg an diese Information herankommen. Und Hardesty wusste nicht, dass Broadfield nicht völlig offen zu mir gewesen war, weshalb er nichts ableugnen konnte, was ich womöglich von Broadfield erfahren hatte.

»Also hat sie mit Begeisterung kooperiert«, sagte ich.

»Oh ja, sehr.« Er lächelte, als er daran dachte. »Sie war ziemlich bezaubernd, wissen Sie. Und sie spielte mit dem Gedanken, ein Buch über ihr Leben als Prostituierte und ihre Arbeit für mich zu schreiben. Ich denke, diese Holländerin hat sie dazu inspiriert. Natürlich kann die Holländerin wegen der Rolle, die sie gespielt hat, keinen Fuß mehr auf amerikanischen Boden setzen, aber ich denke nicht, dass Portia Carr jemals dazu gekommen wäre, dieses Buch zu schreiben. Was denken Sie?«

»Ich weiß nicht. Jetzt kann sie es nicht mehr.«

»Nein, natürlich nicht.«

»Aber Jerry Broadfield wird es vielleicht tun. War er sehr enttäuscht, als Sie ihm gesagt haben, dass Sie sich nicht für Polizeikorruption interessieren?«

»Ich bin mir nicht sicher, dass ich es so formuliert habe.« Er runzelte plötzlich die Stirn. »Ist das der Grund, weshalb er zu mir kam? Um Himmels willen. Er wollte ein Buch schreiben?« Er schüttelte ungläubig den Kopf. »Ich werde die Menschen nie verstehen«, sagte er. »Ich wusste, dass diese Selbstgerechtigkeit nur eine Fassade war. Deshalb habe ich mich entschlossen, nichts mit ihm zu tun zu haben; das war eher der Grund als die Art von Informationen, die er anzubieten hatte. Ich konnte ihm einfach nicht trauen und ich hatte das Gefühl, dass er meinen Ermittlungen mehr schaden als nützen würde. Und dann ist er rübergegangen, um mit diesem Sonderstaatsanwaltsburschen zu sprechen.«

Dieser Sonderstaatsanwaltsbursche. Es war nicht schwer zu erraten, was Knox Hardesty über Abner L. Prejanian dachte.

Ich sagte: »Hat es Sie geärgert, dass er zu Prejanian gegangen ist?«

»Um Himmels willen, warum sollte es mich ärgern?«

Ich zuckte mit den Schultern. »Prejanian fing an, eine Menge Presse zu bekommen. Die Zeitungen haben ihm viel Platz eingeräumt.«

»Meinen Segen hat er, wenn öffentliche Aufmerksamkeit das ist, was er will. Aber es scheint eher nach hinten losgegangen zu sein. Finden Sie nicht auch?«

»Und das dürfte Ihnen gefallen.«

»Es bestätigt mein Urteil, aber abgesehen davon, warum sollte es mir gefallen?«

»Nun, Sie und Prejanian sind Konkurrenten, oder?«

»Oh, so würde ich es kaum formulieren.«

»Nein? Ich dachte, Sie wären es. Ich habe vermutet, dass das der Grund war, weshalb Sie sie dazu gebracht haben, Broadfield der Erpressung zu bezichtigen.«

»Was?«

»Warum sonst sollten Sie es tun?« Ich sprach mit bewusst gleichgültigem Tonfall; ich warf ihm nichts vor, sondern tat so, als handle es sich um etwas, das wir beide wussten und eingestanden. »Nachdem sie ihn angezeigt hatte, war er unschädlich gemacht und Prejanian wollte nicht einmal mehr seinen Namen hören. Und es sorgte dafür, dass Prejanian leichtgläubig wirkte, weil er sich überhaupt mit Broadfield eingelassen hatte.«

Sein Großvater oder Urgroßvater hätten vielleicht die Selbstbeherrschung verloren. Aber hinter Hardesty türmten sich genug Generationen guter Erziehung auf, weshalb er in der Lage war, fast völlig die Ruhe zu bewahren. Er richtete sich in seinem Stuhl auf, aber das war alles. »Man hat Sie falsch unterrichtet«, erklärte er mir.

»Die Anzeige war nicht Portias Idee.«

»Und auch nicht meine.«

»Warum hat sie Sie dann vorgestern gegen Mittag angerufen? Sie wollte Ihren Rat, und Sie haben ihr gesagt, dass sie sich so verhalten sollte, als ob die Anzeige auf der Wahrheit beruhte. Warum hat sie Sie angerufen? Und warum haben Sie ihr das geraten?«

Diesmal keine Empörung. Ein wenig Verzögern – er nahm das Milchglas in die Hand, stellte es wieder hin, ohne zu trinken, spielte mit einem Briefbeschwerer und einem Brieföffner. Dann blickte er mich an und fragte, woher ich wusste, dass sie ihn angerufen hatte.

»Ich war dort.«

»Sie waren–« Er riss die Augen auf. »Sie waren der Mann, der mit ihr sprechen wollte. Aber ich dachte – dann haben Sie schon *vor* dem Mord für Broadfield gearbeitet.«

»Ja.«

»Um Himmels willen. Ich dachte – nun, offensichtlich dachte ich, dass er Sie erst engagiert hat, nachdem er unter Mordverdacht verhaftet worden war. Hmm. Also Sie waren der Mann, wegen dem sie so nervös war. Aber ich habe mit ihr gesprochen, bevor sie Sie getroffen hat. Sie kannte noch nicht einmal Ihren Namen, als wir miteinander gesprochen haben. Woher wussten Sie – sie hat es Ihnen nicht gesagt, das wäre das Letzte, was sie getan hätte. Oh, um Himmels willen. Das war ein Bluff, oder?«

»Nennen wir es eine wohlbegründete Vermutung.«

»Ich nenne es lieber einen Bluff. Ich bin mir nicht sicher, ob ich mit Ihnen Poker spielen möchte, Mr. Scudder. Ja, sie hat mich angerufen – ich kann das ruhig zugeben, da es ziemlich offensichtlich ist. Und ich habe ihr gesagt, dass sie darauf bestehen soll, dass die Anzeige auf der Wahrheit beruht, obwohl ich wusste, dass das nicht stimmt. Aber ich habe sie nicht dazu gebracht, die Anzeige zu erstatten.«

»Wer dann?«

»Ein paar Polizisten. Ich kenne ihre Namen nicht, und ich neige dazu zu denken, dass Miss Carr sie auch nicht kannte. Das hat sie zumindest behauptet, und es ist wahrscheinlich, dass sie in diesem Zusammenhang ehrlich zu mir war. Sehen Sie, sie hat die Anzeige nicht erstatten wollen. Wenn es eine Möglichkeit gegeben hätte, wie ich sie davor hätte bewahren können, dann hätte sie danach gegriffen.« Er lächelte. »Sie mögen denken, dass ich einen Grund hatte, Mr. Prejanians Untersuchung in Misskredit zu bringen. Obwohl mich die Vorstellung, wie dieser Mann eine Torte ins

Gesicht bekommt, keineswegs traurig stimmt, würde ich mir nie die Mühe machen, dafür zu sorgen, dass sie dort landet. Gewisse Polizeibeamte hatten jedoch ein sehr viel stärkeres Motiv, die Ermittlungen zu sabotieren.«

»Warum hatten die Carr in der Hand?«

»Ich weiß es nicht. Natürlich, Prostituierte sind immer angreifbar, aber–«

»Ja?«

»Oh, das ist nur eine Intuition meinerseits. Ich hatte den Eindruck, dass man ihr nicht mit dem Gesetz sondern mit darüber hinausgehenden Konsequenzen gedroht hat. Ich denke, dass sie Angst vor körperlicher Bestrafung hatte.«

Ich nickte. Das stand im Einklang mit den Schwingungen, die ich bei meinem eigenen Treffen mit Portia Carr aufgefangen hatte. Sie hatte nicht gewirkt wie jemand, der Angst vor Abschiebung oder Verhaftung hat, sondern wie jemand, der sich davor fürchtet, verprügelt oder getötet zu werden. Jemand, der sich fürchtete, weil es Oktober war und der Winter bevorstand.

Kapitel 10

Elaine wohnte nur drei Blocks von dem Haus entfernt, in dem Portia Carr gewohnt hatte. Ihr Haus befand sich in der 51st Street zwischen 1st und 2nd Avenue. Der Portier vergewisserte sich über das Haustelefon, dass ich erwartet wurde, und winkte mich durch. Als der Aufzug mich in den achten Stock gebracht hatte, stand Elaine in der offenen Tür ihres Apartments.

Ich stellte fest, dass sie sehr viel besser aussah als Prejanians Sekretärin. Ich denke, dass sie um die dreißig war. Sie sah schon immer jünger aus als ihr Alter und besitzt ein Gesicht voller guter Knochen, das gut altern wird. Ihre Weichheit stand in starkem Kontrast zu der schlichten, modernen Atmosphäre ihres Apartments. Sie hatte die Zimmer mit weißem Shaggy-Teppich ausgelegt, und die Möbel bestanden nur aus Kanten, Ebenen und Grundfarben. Normalerweise gefallen mir Räume, die so eingerichtet sind, nicht, aber bei ihr funktionierte es irgendwie. Sie sagte mir einmal, dass sie die Wohnung selbst eingerichtet hatte.

Wir küssten uns wie die alten Freunde, die wir waren. Dann packte sie meine Ellenbogen und lehnte sich zurück. »Geheimagentin Mardell berichtet«, sagte sie. »Man sollte mich nicht unterschätzen, Kumpel. Diese Kamera hier sieht nur wie eine Kamera aus. In Wirklichkeit ist sie eine Krawattenklammer.«

»Ich denke, das ist eigentlich umgekehrt.«

»Nun, das will ich hoffen.« Sie drehte sich um und stolzierte davon. »Genau genommen hab ich nicht sehr viel herausfinden können. Du willst wissen, wer die prominenten Leute unter ihren Kunden waren, oder?«

»Vor allem, wenn es sich um prominente Politiker handelt.«

»Das habe ich gemeint. Alle, die ich gefragt habe, nannten dieselben drei oder vier Namen. Schauspieler, ein paar Musiker. Ungelogen, manche Callgirls sind so schlimm wie Groupies. Sie prahlen genauso wie alle anderen, die mit Prominenten ins Bett gehen.«

»Du bist die zweite Person heute, die mir sagt, dass Callgirls nicht immer alles für sich behalten können.«

»Ha! Die Durchschnittsnutte ist nicht gerade immer völlig klar im Kopf, Matt. Aber natürlich bin ich die Gewinnerin des Miss-Geistig-Gesund-Wettbewerbs.«

»Unbestritten.«

»Wenn sie nicht erwähnt hat, welche Politiker sich unter ihren Kunden befanden, dann wahrscheinlich, weil sie nicht sonderlich stolz auf sie war. Wenn sie mit dem Gouverneur oder einem Senator gevögelt hätte, hätte man davon gehört, aber wenn es ein Lokalpolitiker ist, wen kümmert's? Was ist los?«

»Solche Politiker wären wahrscheinlich sehr traurig, wenn sie hören würden, dass sie nicht so wichtig sind.«

»Sie würden sich in die Hose machen, oder?« Sie zündete sich eine Zigarette an. »Was du bräuchtest, wäre ihr Adressbuch. Selbst wenn sie klug genug war, einen Code zu verwenden, hättest du die Telefonnummern und du könntest anfangen, die abzutelefonieren.«

»Verwendest du einen Code?«

»Für die Namen und die Nummern, Süßer.« Sie grinste triumphierend. »Wer mein Adressbuch klaut, klaut Tand, genau wie Othellos Beutel. Aber das ist, weil ich Klara Klug bin. Könntest du Portias Adressbuch in die Hände bekommen?«

Ich schüttelte den Kopf. »Ich bin mir sicher, dass die Cops ihr Apartment gefilzt haben. Und wenn sie ein Adressbuch hatte, haben sie es gefunden – und es weggeschmissen. In den Fluss. Sie wollen nicht, dass es offene Fragen gibt, durch die Broadfields Anwalt eine Chance bekommen würde. Sie wollen, dass er ausgeweidet und geviertelt wird, und das Adressbuch würden sie nur dann nicht vernichten, wenn als einziger Name der von Broadfield darin gelistet wäre.«

»Was denkst du, wer sie umgebracht hat, Matt? Irgendwelche Cops?«

»Das wird immer wieder in den Raum geworfen. Vielleicht bin ich schon zu lange nicht mehr dabei. Es fällt mir schwer, mir vorzustellen, dass Polizeibeamte tatsächlich eine unschuldige Hure ermorden würden, nur um die Tat jemand anderem in die Schuhe zu schieben.«

Sie öffnete den Mund, schloss ihn wieder.

»Was?«

»Nun, vielleicht bist du wirklich schon zu lange nicht mehr dabei.« Sie sah aus, als wollte sie noch etwas sagen, schüttelte dann aber kurz den Kopf. »Ich denke, ich werde mir eine Tasse Tee machen. Ich bin eine miese Gastgeberin. Möchtest du einen Drink? Bourbon ist aus, aber es gibt Scotch.«

Es war an der Zeit. »Einen kleinen, pur.«

»Kommt sofort.«

Während sie sich in der Küche befand, dachte ich über das Verhältnis zwischen Cops und Huren nach, und über das Verhältnis zwischen Elaine und mir. Ich hatte sie ein paar Jahre, bevor ich den Dienst quittiert hatte, kennengelernt. Unser erstes Treffen war gesellschaftlicher Natur gewesen, aber ich erinnere mich nicht mehr an die genauen Umstände. Ich denke, wir wurden einander von einem gemeinsamen Freund in einem Restaurant oder so vorgestellt, aber wir können uns auch auf einer Party kennengelernt haben. Ich erinnere mich nicht.

Es ist nützlich für eine Hure, einen Cop zu haben, mit dem sie auf besonders gutem Fuß steht. Er kann die Dinge wieder ins Lot bringen, wenn ein Kollege ihr Schwierigkeiten bereitet. Er kann sie mit realitätsorientierten juristischen Ratschlägen versorgen, die oft nützlicher sind als der Rat, den sie von einem Anwalt bekommen würde. Und sie zeigt sich für das alles erkenntlich, so wie sich Frauen schon immer für die Gefälligkeiten von Männern erkenntlich gezeigt haben.

Also stand ich ein paar Jahre lang auf Elaine Mardells Gratisliste und ich war die Person, an die sie sich wandte, wenn sie sich in die Enge getrieben fühlte. Keiner von uns beiden missbrauchte das Privileg. Ich besuchte sie ab und zu, wenn ich mich in der Nachbarschaft befand, und sie rief mich vielleicht insgesamt ein halbes Dutzend Mal an.

Dann quittierte ich den Dienst und über einen Zeitraum von mehreren Monaten war ich an keinerlei menschlichem Kontakt interessiert, an sexuellem Kontakt schon gar nicht. Eines Tages war ich es dann wieder; ich rief Elaine an und suchte sie auf. Sie hat nie erwähnt, dass ich kein Cop mehr war und sich unser Verhältnis deshalb ändern müsste. Wenn sie es getan hätte, hätte ich sie vielleicht niemals wieder aufgesucht. Aber auf dem Weg nach draußen lege ich immer etwas Geld auf den Couchtisch und sie sagt, sie hoffe, mich bald wieder zu sehen, und ab und zu tut sie das auch.

Ich vermute, bei unserem ursprünglichen Verhältnis hat es sich um eine Form der Polizeikorruption gehandelt. Ich hatte nicht als Elaines Beschützer fungiert, ebenso wenig war es meine Aufgabe gewesen, sie zu verhaften. Aber ich hatte sie besucht, während ich im Dienst war, und es war mein offizieller Status gewesen, der mir das Recht, mit ihr das Bett zu teilen, verschafft hatte. Das zählt zu Korruption, vermute ich.

Sie brachte mir den Drink, ein Saftglas mit zwei Fingerbreit Scotch, und setzte sich auf die Couch mit einer Tasse Tee mit Milch. Sie zog die Beine unter ihren knackigen kleinen Hintern und rührte den Tee mit einem Espressolöffel um.

»Wunderbares Wetter«, sagte sie.

»Mhm.«

»Ich wünschte, ich würde näher am Park wohnen. Ich mache jeden Morgen einen langen Spaziergang. An Tagen wie diesem würde ich gerne meinen Spaziergang im Park machen.«

»Du machst jeden Morgen einen langen Spaziergang?«

»Klar. Es ist gut für einen. Warum?«

»Ich dachte, du würdest bis Mittag schlafen.«

»Oh, nein. Ich bin eine Frühaufsteherin. Und ab Mittag empfange ich Besucher, natürlich. Und ich kann früh ins Bett gehen, weil nur selten jemand nach zehn Uhr abends hier ist.«

»Das ist lustig. Man sollte meinen, dass es sich um ein Gewerbe für Nachtmenschen handelt.«

»Nur, dass es das nicht ist. Die Kerle, weißt du, sie müssen nach Hause zu ihren Familien. Ich würde sagen, zwischen Mittag und halb sieben empfange ich vielleicht neunzig Prozent meiner Besucher.«

»Ergibt Sinn.«

»Es kommt bald jemand, Matt, aber wir haben noch Zeit, wenn dir danach ist.«

»Ich würde es gerne auf ein andermal verschieben.«

»Nun, kein Problem.«

Ich trank einen Schluck. »Zurück zu Portia Carr«, sagte ich. »Du bist auf niemanden gestoßen, der irgendeine Verbindung zur höheren Politik haben könnte?«

»Nun, vielleicht doch.« Mein Gesichtsausdruck musste sich geändert haben, denn sie sagte: »Nein, ich will dir kein Geld abknöpfen, um Himmels willen. Ich habe einen Namen gehört, aber ich weiß nicht, ob ich ihn richtig verstanden habe, und ich weiß nicht, wer er ist.«

»Wie lautet der Name?«

»Irgendwas wie Mantz oder Manch oder Manns. Ich weiß es nicht genau. Ich weiß, dass er irgendwie mit dem Bürgermeister in Verbindung steht, aber ich weiß nicht als was. Zumindest ist das das, was ich gehört habe. Frag mich nicht nach seinem Vornamen, denn den kennt niemand. Hilft dir das weiter? Manns oder Mantz oder Manch oder so ähnlich?«

»Sagt mir nichts. Und er hat was mit dem Bürgermeister zu tun?«

»Nun, das habe ich zumindest gehört. Ich weiß, was seine Vorlieben sind, wenn dir das hilft. Er ist ein Toilettensklave.«

»Was zum Teufel ist ein Toilettensklave?«

»Ich wünschte, du wüsstest das, denn es macht mir nicht viel Spaß, es zu erklären.« Sie stellte die Teetasse ab. »Ein Toilettensklave ist, nun, sie haben verschiedene Arten von Macken, aber ein Beispiel wäre, dass er den Befehl bekommen will, Urin zu trinken oder Kot zu essen. Oder er muss dir den Hintern mit seiner Zunge ablecken oder die Toilette putzen oder etwas anderes. Was man ihm befiehlt, kann wirklich ekelerregend sein oder einfach auch nur symbolisch, wie dass man ihn den Badezimmerboden aufwischen lässt.«

»Warum würde irgendjemand – egal, ich will es gar nicht wissen.«

»Die Welt wird immer seltsamer, Matt.«

»Mhm.«

»Wie, dass niemand mehr vögeln will. Man kann einen Batzen Geld verdienen, wenn man masochistische Sachen abzieht. Die zahlen ein

Vermögen, wenn man ihre Fantasien erfüllt. Aber ich denke nicht, dass es das wert ist. Ich möchte mich lieber nicht mit all diesen Abartigkeiten abgeben müssen.«

»Du bist einfach nur ein altmodisches Mädchen, Elaine.«

»Genau. Reifröcke und Lavendelsäckchen und all diese guten Dinge. Noch einen Drink?«

»Nur einen kleinen.«

Als sie ihn brachte, sagte ich: »Manns oder Manch oder etwas in der Art. Ich werde schauen, ob das irgendwohin führt. Ich denke, dass es sich sowieso um eine Sackgasse handelt. Ich beginne, mich mehr und mehr für Cops zu interessieren.«

»Wegen dem, was ich gesagt habe?«

»Deshalb und auch wegen dem, was andere Leute gesagt haben. Hatte sie jemanden bei der Polizei, der auf sie aufgepasst hat?«

»Du meinst, so wie du es für mich getan hast? Klar hatte sie jemanden, aber was bringt dir das? Es war dein Freund.«

»Broadfield?«

»Klar. Die Erpressungsgeschichte war völliger Schwachsinn, aber ich denke, das wusstest du schon.«

Ich nickte. »Hatte sie noch jemanden?«

»Könnte sein, aber ich hab nichts davon gehört. Und keinen Zuhälter und keinen Freund, solange man Broadfield nicht als ihren Freund betrachtet.«

»Irgendwelche anderen Cops in ihrem Leben? Welche, die ihr Schwierigkeiten bereitet haben oder so?«

»Davon ist mir nichts zu Ohren gekommen.«

Ich nippte an meinem Scotch. »Das führt ein bisschen vom Thema weg, Elaine, aber gibt es Cops, die dir Schwierigkeiten bereiten?«

»Meinst du momentan oder irgendwann mal? In der Vergangenheit ist es vorgekommen. Aber dann habe ich dazugelernt. Man hat einen auf regulärer Basis, dann lassen einen die anderen in Frieden.«

»Klar.«

»Und wenn mir jemand anderes Schwierigkeiten bereitet, dann erwähne ich ein paar Namen oder tätige einen Anruf, und es beruhigt sich alles wieder. Aber weißt du, was schlimmer ist? Nicht Cops. Kerle, die vorgeben, Cops zu sein.«

»Sich als Polizist ausgeben? Du weißt, das ist eine Straftat.«

»Nun, Scheiße, Matt, soll ich Anzeige erstatten? Ich hatte schon Typen, die mir ihre Polizeimarke unter die Nase gehalten haben, die ganze Nummer. Da ist so ein unbedarftes Mädchen, das gerade in die Stadt gekommen ist, und alles, was sie sehen muss, ist eine silberne Marke und sie rollt sich in der Ecke zusammen und wirft Junge. Ich hingegen bin eiskalt. Ich sehe mir die Marke ganz genau an, und dann stellt sich heraus, dass es so ein Teil ist, das kleine Kinder zu ihrer Spielzeugpistole bekommen. Lach nicht, ich meine es ernst. Das ist mir schon passiert.«

»Und was wollen sie von dir? Geld?«

»Oh, sie behaupten, dass es ein Witz war, wenn ich ihnen auf die Schliche komme. Aber es ist kein Witz. Es kam vor, dass sie Geld wollten, aber was sie vor allem wollen, ist, umsonst gevögelt zu werden.«

»Und sie präsentieren eine Spielzeugmarke.«

»Ich hab schon Marken zu sehen bekommen, von denen man schwören würde, dass sie aus Cornflakes-Schachteln stammen.«

»Männer sind seltsame Kreaturen.«

»Oh, Männer und auch Frauen, Liebling. Ich sag dir was. Jeder ist sonderbar, grundsätzlich hat jeder einen Knall. Manchmal ist es etwas Sexuelles und manchmal ist es eine andere Art von Seltsamkeit, aber auf die eine oder andere Weise sind wir alle verrückt. Du, ich, die ganze Welt.«

Es war nicht sonderlich schwierig herauszufinden, dass Leon J. Manch vor eineinhalb Jahren zum Assistenten des Stellvertretenden Bürgermeisters ernannt worden war. Alles, was nötig war, war eine kurze Sitzung in der Bibliothek in der 42nd Street. Es gab verschiedene Mannses und Mantzes in den Bänden des *Times Index*, in denen ich nachsah, aber keiner von ihnen schien in einem wichtigeren Zusammenhang mit der derzeitigen Stadtverwaltung zu stehen. Manch wurde nur einmal in den *Times Indexes* für die letzten fünf Jahre erwähnt. Der Artikel handelte von seiner Ernennung und ich machte mir die Mühe, ihn in der Mikrofilmabteilung zu lesen. Es war ein kurzer Artikel, und Manch war einer von einem halben Dutzend Leute, um die es darin ging; so ziemlich alles, was dort stand, war, dass man ihn ernannt hatte und er Mitglied der Anwaltskammer war. Ich erfuhr weder sein Alter noch wo er wohnte noch ob er verheiratet war oder sonst irgendetwas. Es stand auch nicht dort, dass er ein Toilettensklave war, aber das wusste ich ja bereits.

Ich konnte ihn im Telefonbuch für Manhattan nicht finden. Vielleicht wohnte er in einem anderen Stadtbezirk oder außerhalb der Stadtgrenzen. Vielleicht hatte er eine geheime Nummer oder er wurde unter dem Namen seiner Frau geführt. Ich rief im Rathaus an und bekam zu hören, dass er bereits gegangen war. Ich versuchte nicht einmal, seine private Nummer zu bekommen.

Ich rief sie von einer Kneipe namens O'Brien's an der Kreuzung Madison Avenue und 51st Street an. Der Barkeeper hieß Nick und ich kannte ihn, weil er vor einem Jahr oder so im Armstrong's gearbeitet hatte. Wir versicherten uns gegenseitig, wie klein die Welt war, gaben uns gegenseitig ein paar Drinks aus und dann ging ich den hinteren Teil der Kneipe zur Telefonzelle und wählte ihre Nummer. Ich musste sie in meinem Notizbuch nachschlagen.

Als sie sich meldete, sagte ich: »Hier ist Matthew. Kannst du sprechen?«

»Hallo. Ja, ich kann sprechen. Ich bin ganz allein hier. Meine Schwester und ihr Mann sind heute Morgen von Bayport rübergefahren und haben die Kinder mitgenommen. Sie werden bei ihnen bleiben für, oh, für eine Weile zumindest. Sie dachten, dass es für die Kinder besser wäre und auch leichter für mich. Ich wollte eigentlich nicht, dass sie die Kinder mitnehmen, aber ich hatte keine Kraft, mit ihnen zu streiten, und vielleicht haben sie Recht. Vielleicht ist es besser so.«

»Du hörst dich ein bisschen nervös an.«

»Ich bin nicht nervös. Nur sehr angespannt und sehr erschöpft. Bist du in Ordnung?«

»Mir geht's gut.«

»Ich wünschte, du wärst hier.«

»Ich auch.«

»Ach herrje. Ich wünschte, dass ich wüsste, was ich von all dem denken soll. Es macht mir Angst. Weißt du, was ich meine?«

»Ja.«

»Sein Anwalt hat mich vorhin angerufen. Hast du mit ihm gesprochen?«

»Nein. Hat er versucht, mich zu erreichen?«

»Er schien sich nicht sehr für dich zu interessieren, um ehrlich zu sein. Er war sehr davon überzeugt, dass er vor Gericht gewinnen würde, und als ich ihm sagte, dass du versuchst herauszufinden, wer die Frau wirklich umgebracht hat, schien er – wie soll ich es formulieren? Ich hatte den Eindruck, dass er glaubt, dass Jerry schuldig ist. Er wird alles versuchen, um einen Freispruch für Jerry zu bewirken, aber er glaubt nicht einmal eine Sekunde lang, dass er wirklich unschuldig ist.

»Viele Anwälte sind so, Diana.«

»Wie ein Chirurg, der beschließt, dass es seine Aufgabe ist, einen Blinddarm zu entfernen. Egal, ob mit dem Blinddarm etwas nicht stimmt oder nicht.«

»Ich bin mir nicht sicher, ob es wirklich das Gleiche ist, aber ich weiß, was du meinst. Ich frage mich, ob es sinnvoll wäre, wenn ich versuche, diesen Anwalt zu kontaktieren.«

»Ich weiß es nicht. Was ich sagen wollte ... Oh, es ist dumm, und es ist schwer, es zu sagen. Matthew? Ich war enttäuscht, als ich den Hörer abhob und sich der Anwalt am anderen Ende befand. Weil ich gehofft hatte, oh, dass du es sein würdest.« Pause. »Matthew?«

»Ich bin noch dran.«

»Hätte ich das nicht sagen sollen?«

»Sei nicht albern.« Ich holte Luft. In der Telefonzelle war es unerträglich heiß geworden, weshalb ich die Tür ein wenig öffnete. »Ich wollte dich früher anrufen. Eigentlich sollte ich jetzt nicht mit dir telefonieren. Ich kann nicht sagen, dass ich sehr große Fortschritte gemacht habe.«

»Ich bin trotzdem froh, dass du angerufen hast. Kommst du überhaupt irgendwie voran?«

»Vielleicht. Hat dein Mann jemals mit dir darüber geredet, ein Buch zu schreiben?«

»Ich ein Buch schreiben? Ich wüsste nicht, wo ich da anfangen sollte. Ich habe früher Gedichte geschrieben. Keine sehr guten Gedichte, befürchte ich.«

»Ich meine, ob er jemals über die Möglichkeit gesprochen hat, dass *er* ein Buch schreiben könnte.«

»Jerry? Er *liest* keine Bücher und *schreiben* tut er sie schon gar nicht. Warum?«

»Das erkläre ich dir, wenn wir uns treffen. Ich bin dabei, Sachen herauszufinden. Die Frage ist, ob sie zusammen etwas Bedeutsames ergeben oder nicht. Er hat es nicht getan. So viel weiß ich.«

»Du bist dir da sicherer als gestern.«

»Ja.« Pause. »Ich habe an dich gedacht.«

»Das ist gut. Ich denke, dass es gut ist. Welche Art von Gedanken?«

»Seltsame.«

»Gut seltsam oder schlecht seltsam?«

»Oh, gut, denke ich.«

»Ich habe auch an dich gedacht.«

Kapitel 11

Es ergab sich, dass ich den Abend im Village verbrachte. Ich war eigenartig ruhelos, von einer ziellosen Energie besessen, die mich aufwühlte und dafür sorgte, dass ich in Bewegung blieb. Es war ein Freitagabend, und die besseren Kneipen im Viertel waren voll und laut, wie sie es an Freitagen immer sind. Ich ging ins Kettle und ins Minetta's, ins Whitey's und ins McBell's, ins San Giorgio und ins Lion's Head, ins Riviera und in andere Läden, an deren Namen ich mich nicht erinnere. Aber weil ich mich nirgendwo zu Hause fühlte, hatte ich in jeder Kneipe nur einen Drink und wurde den größten Teil der Wirkung des Alkohols durch das Zufußgehen zwischen den Drinks los. Ich blieb in Bewegung und driftete in westlicher Richtung, weg von der Touristengegend und näher dorthin, wo sich das Village und der Hudson River treffen.

Es muss gegen Mitternacht gewesen sein, als ich im Sinthia's aufschlug. Die Kneipe befindet sich am westlichen Ende der Christopher Street, der letzte Stopp für schwule Herumtreiber auf dem Weg zu ihren Treffen mit Hafenarbeitern und Lastwagenfahrern in den Schatten der Docks. Ich fühle mich in Schwulenkneipen nicht unwohl, aber sie sind auch keine Orte, die ich regelmäßig aufsuche. Manchmal gehe ich ins Sinthia's, wenn ich in der Gegend bin, denn ich kenne den Besitzer ziemlich gut. Vor fünfzehn Jahren hatte ich ihn wegen Beihilfe zur Jugenddelinquenz verhaften müssen. Der Minderjährige, um den es sich gedreht hatte, war siebzehn Jahre alt gewesen und verdorben, und ich hatte die Verhaftung nur durchgeführt, weil mir keine andere Wahl geblieben war – der Vater des Jungen hatte eine offizielle Beschwerde eingereicht. Kennys Anwalt hatte mit dem Vater ruhig und unter vier Augen gesprochen und ihm eine Vorstellung davon gegeben, was er vor Gericht ans Tageslicht bringen würde, und damit hatte sich die Sache.

Im Laufe der Jahre hatte sich zwischen Kenny und mir eine Beziehung entwickelt, die irgendwo auf dem unsicheren Terrain zwischen Bekanntschaft und Freundschaft anzusiedeln war. Er stand hinter der Theke, als ich hereinkam, und wie immer sah er aus wie achtundzwanzig. In Wirklichkeit musste er fast doppelt so alt sein, und wenn man nahe genug an ihn herankam, konnte man die Narben sehen, die das Facelifting hinterlassen hatte. Das sorgfältig gekämmte Haar war sein eigenes, auch wenn die blonde Farbe das Geschenk einer Lady namens Clairol war.

Er hatte etwa fünfzehn Gäste. Wenn man sie einzeln gesehen hätte, hätte es keinen Grund gegeben zu vermuten, dass sie schwul waren, aber so versammelt war ihre Homosexualität unverkennbar und wurde fast greifbar in dem langen, schmalen Raum. Vielleicht war es ihre Reaktion auf mein Erscheinen, die zu spüren war. Menschen, die ihr Leben in irgendeiner Art von Halbwelt verbringen, können einen Cop auf Anhieb erkennen, und ich hatte immer noch nicht gelernt, nicht wie einer auszusehen.

»Sir Matthew von Scudder«, ließ Kenny seine Stimme ertönen. »Willkommen, willkommen, wie zu allen Zeiten. Das Geschäft hier ist selten so stürmisch wie deine hochgeschätzte Person. Immer noch Bourbon, Liebling? Immer noch pur?«

»Ja, Kenny.«

»Schön zu sehen, dass sich wenigstens das nicht ändert. Du bist eine Konstante in einer verrückt gewordenen Welt.«

Ich nahm an der Bar Platz. Die anderen Trinker hatten sich entspannt, als Kenny mich begrüßt hatte, was vermutlich auch die Absicht hinter seiner Show gewesen war. Er schenkte ziemlich viel Bourbon in ein Glas und stellte es vor mich hin auf die Bar. Ich trank davon. Kenny beugte sich zu mir vor und stützte sich auf die Ellenbogen. Sein Gesicht war braungebrannt. Er verbringt die Sommer auf Fire Island und greift für den Rest des Jahres auf eine Höhensonne zurück.

»Arbeit, Süßer?«

»Ja, in der Tat.«

Er seufzte. »Das widerfährt den Besten unter uns. Ich schufte wieder seit dem Labor Day und habe mich immer noch nicht daran gewöhnt. Es ist so ein Genuss, den ganzen Sommer lang in der Sonne zu liegen und Alfred den Laden hier herunterwirtschaften zu lassen. Kennst du Alfred?«

»Nein.«

»Ich bin mir sicher, dass er mich ausgeraubt hat, aber es kümmert mich nicht. Ich hab den Laden nur offen gelassen, um meiner Kundschaft einen Gefallen zu erweisen. Natürlich nicht aus der Güte meines Herzens, sondern weil ich nicht will, dass diese Mädels herausfinden, dass es noch andere Etablissements in der Stadt gibt, in denen man Alkohol ausschenkt. Solange meine Unkosten gedeckt werden, bin ich eigentlich schon glücklich. Und dann hat sich doch tatsächlich ein kleiner Profit ergeben, was das Sahnehäubchen war.« Er zwinkerte, dann trippelte er ans andere Ende der Bar, um Getränke nachzuschenken und Geld zu kassieren. Zu mir zurückgekehrt, posierte er wieder, indem er mit den Händen ein V machte, in das er sein Kinn legte.

Er sagte: »Wetten wir, ich weiß, warum du hier bist.«

»Ich wette, dass du es nicht weißt.«

»Um einen Drink? Abgemacht. Nun, lass mich sehen – die Initialen sind nicht zufällig J.B., oder? Und ich denke nicht an den Jim Beam, den du gerade trinkst. J.B. und seine gute Freundin P.C.?« Seine Augenbrauen hoben sich auf dramatische Weise. »Meine Güte, warum klappt dein armes Kinn fast bis zum staubigen Boden runter, Matthew? Ist das nicht der eigentliche Grund, weshalb es dich in diese Lasterhöhle hier verschlagen hat?«

Ich schüttelte den Kopf.

»Wirklich nicht?«

»Ich war einfach nur in der Gegend.«

»Das ist wirklich bemerkenswert.«

»Ich weiß, dass er ein paar Blocks von hier entfernt gewohnt hat, aber warum sollte ihn das mit diesem Laden hier in Verbindung bringen, Kenny? Es gibt Dutzende von Kneipen, die genauso nah an seiner Wohnung in der Barrow Street sind. Hast du einfach nur geraten, dass ich mich mit dem Fall befasse oder hast du etwas gehört?«

»Ich weiß nicht, ob man es als ›raten‹ bezeichnen kann. Eher eine Vermutung. Er hat hier getrunken.«

»Broadfield?«

»Höchstpersönlich. Nicht überaus häufig, aber ab und zu. Und nein, Matthew, er ist nicht schwul. Oder wenn er es ist, dann weiß *ich* nichts davon, und er wohl auch nicht. Auf jeden Fall hat er hier keinen Anlass zu so einer Vermutung gegeben, und, bei Gott, er hätte keinerlei Probleme gehabt, hier jemanden zu finden, der ihn begeistert mit zu sich nach Hause genommen hätte. Er ist ein echter Prachtkerl.«

»Aber nicht dein Typ, oder?«

»Absolut nicht *mein* Typ. Ich persönlich stehe auf schmutzige, kleine Jungs. Wie du sehr gut weißt.«

»Wie ich sehr gut weiß.«

»Wie jeder sehr gut weiß, Schätzchen.« Jemand klopfte mit dem Glas auf die Theke, um bedient zu werden. »Oh, mach dir nicht in die Hose, Mary«, rief Kenny ihm mit einem aufgesetzten britischen Akzent zu. »Ich halte gerade ein nettes kleines Pläuschchen mit einem Gentleman von Scotland Yard.« Zu mir sagte er: »Wo wir gerade bei englischen Akzenten sind: Du weißt bestimmt, dass er sie hierher gebracht hat. Oder wusstest du das nicht? Nun, jetzt weißt du es. Noch einen Drink? Du stehst schon für zwei Doppelte in der Kreide – der, den du getrunken hast, und der, den du bei der Wette verloren hast. Machen wir drei daraus.« Er schenkte mir großzügig nach, stellte die Flasche ab. »Deshalb hatte ich natürlich eine Vermutung, warum du hergekommen bist. Das hier ist schließlich nicht deine Stammkneipe. Und sie waren beide einzeln und gemeinsam hier, und jetzt ist sie tot und er ist in dem Hotel mit den Gitterstäben an den Fenstern, und die Schlussfolgerung schien unumgänglich. M.S. will etwas über J.B. und P.C. herausfinden.«

»Der letzte Teil ist zweifellos wahr.«

»Dann stell mir Fragen.«

»Er ist zuerst allein hergekommen?«

»Die längste Zeit über war er *nur* allein hier. Zunächst war er keineswegs ein häufiger Gast. Ich würde sagen, dass er zum ersten Mal vor vielleicht eineinhalb Jahren aufgetaucht ist. Dann hab ich ihn ein paar Mal im Monat hier gesehen, immer allein. Natürlich wusste ich damals noch nichts über ihn. Er sah aus wie ein Gesetzeshüter, aber irgendwie auch nicht. Weißt du, was ich meine? Vielleicht war es seine Kleidung. Nichts für ungut, aber er war furchtbar gut angezogen.«

»Warum sollte ich mich beleidigt fühlen?« Er zuckte mit den Schultern und ging weg, um sich um das Geschäft zu kümmern. Während er weg war, überlegte ich mir, warum Broadfield Stammgast im Sinthia's gewesen sein könnte. Das Einzige, was Sinn ergab, war, dass es Zeiten gegeben hatte, zu denen ihm die Wände in seiner Wohnung zu eng wurden, er aber niemandem begegnen wollte, den er kannte. Eine Schwulenkneipe würde seinen Bedürfnissen dann perfekt entsprochen haben.

Als Kenny zurückkam, sagte ich: »Du hast gesagt, dass er mit Portia Carr hierhergekommen ist. Wann?«

»Ich kann es nicht mit Bestimmtheit sagen. Vielleicht hat er im Sommer mit ihr vorbeigeschaut und ich weiß nichts davon. Zum ersten Mal hab ich sie gemeinsam hier gesehen vor ... vor drei Wochen? Es fällt mir schwer, Ereignisse zeitlich genau einzuordnen, von denen ich nicht wusste, dass sie irgendwann von Bedeutung sein würden.«

»War es bevor oder nachdem du wusstest, wer er ist?«

»Ah, schlau, schlau! Es war *nachdem* ich wusste, wer er ist, also dürften die drei Wochen in etwa stimmen, denn ich habe seinen Namen gehört, als er zum ersten Mal mit diesem Ermittler in Kontakt trat, und dann hab ich sein Foto in der Zeitung gesehen, und schließlich ist er hier mit der Amazone aufgetaucht.«

»Wie oft waren sie gemeinsam hier?«

»Mindestens zweimal. Vielleicht dreimal. Das war alles innerhalb einer Woche. Darf ich dir nachschenken?« Ich schüttelte den Kopf. »Dann hab ich sie nicht mehr zusammen gesehen, aber ich hab *sie* gesehen.«

»Allein?«

»Kurz. Sie ist reingekommen, hat sich an einen Tisch gesetzt und einen Drink bestellt.«

»Wann war das?«

»Was ist heute, Freitag? Dann muss es Dienstagabend gewesen sein.«

»Und sie wurde am Mittwochabend ermordet.«

»Nun, schau *mich* nicht so an, Schätzchen. *Ich* war es nicht.«

»Ich glaube dir aufs Wort.« Ich erinnerte mich an die Münzen, die ich im Lauf des Dienstagabends in verschiedene Telefone geworfen hatte, um Portia Carr anzurufen, nur um mit ihrem Anrufbeantworter verbunden zu werden. Und sie war hier gewesen.

»Warum ist sie hergekommen, Kenny?«

»Um jemanden zu treffen.«

»Broadfield?«

»Das hatte ich angenommen, aber der Mann, der schließlich aufgetaucht ist, unterschied sich deutlich von Broadfield. Es war schwer zu glauben, dass sie beide der gleichen Spezies angehören.«

»Und er war der Mann, auf den sie gewartet hatte?«

»Oh, auf jeden Fall. Er kam herein und blickte sich nach ihr um, und sie hatte vorher jedes Mal hochgeguckt, wenn die Tür geöffnet wurde.« Er kratzte sich kurz am Kopf. »Ich weiß nicht, ob sie ihn gekannt hat oder nicht. Wie er aussah, meine ich. Ich habe das vage Gefühl, dass sie das nicht wusste, aber es ist nur eine Vermutung. Es ist noch nicht so lange her, Matt, aber ich habe sie wirklich nicht zu sehr beachtet.«

»Wie lange waren sie zusammen hier?«

»Zusammen vielleicht für eine halbe Stunde. Vielleicht auch ein bisschen länger. Dann sind sie zusammen gegangen, also könnten sie danach unzählige Stunden miteinander verbracht haben. Sie hielten es nicht für nötig, mich ins Vertrauen zu ziehen.«

»Und du weißt nicht, wer der Kerl war?«

»Hab ihn weder zuvor noch danach gesehen.«

»Wie hat er ausgesehen, Kenny?«

»Nun, er sah nicht sonderlich gut aus, das kann ich dir sagen. Aber du willst wahrscheinlich lieber eine Beschreibung als eine Kritik. Lass mich nachdenken.« Er schloss die Augen, trommelte mit den Fingern auf die Theke. Ohne die Augen zu öffnen, sagte er: »Ein kleiner Mann, Matt. Klein, schlank. Eingefallene Wangen. Eine ziemlich hohe Stirn und erschreckend wenig Kinn. Hat mit einem eher kümmerlichen Bart versucht, den Mangel an Kinn zu verbergen. Kein Schnurrbart. Eine dicke Hornbrille, weshalb ich seine Augen nicht gesehen habe und auch nicht wirklich bezeugen könnte, dass er welche hatte. Allerdings würde ich mal davon ausgehen, dass er welche hatte, wie die meisten Leute normalerweise. Ein linkes und ein rechtes in der Regel, obwohl manchmal – stimmt etwas nicht?«

»Nein, Ken, alles passt.«

»Kennst du ihn?«

»Ja. Ich kenne ihn.«

Ich verließ Kennys Kneipe kurze Zeit später. Dann gibt es eine Zeitspanne, an die ich mich nicht genau erinnere. Wahrscheinlich suchte ich noch ein oder zwei Kneipen auf. Schließlich fand ich mich im Windfang von Jerry Broadfields Haus in der Barrow Street wieder.

Ich weiß nicht, was mich dorthin geführt hatte oder warum ich dachte, dass ich dort sein sollte. Aber es muss zu diesem Zeitpunkt für mich irgendeinen Sinn ergeben haben.

Das Schloss an der Haustür ließ sich mit einem Zelluloidstreifen öffnen, ebenso wie die Tür zu seiner Wohnung. Als ich in der Wohnung war, schloss ich die Tür von innen ab und ging herum, um alle Lampen anzuschalten. Ich machte es mir gemütlich. Ich fand eine Flasche Bourbon und schenkte mir einen Drink ein, nahm ein Bier aus dem Kühlschrank, um es dazu zu trinken. Nach einer Weile stellte ich das Radio an und fand einen Sender, der unaufdringliche Musik spielte.

Nachdem ich noch mehr Bourbon und noch mehr Bier getrunken hatte, zog ich meinen Anzug aus und hängte ihn fein säuberlich in Broadfields Schrank. Ich entledigte mich des Rests meiner Kleidung und fand einen seiner Pyjamas in einer Kommodenschublade. Ich zog ihn an. Ich musste die Enden der Hosenbeine hochschlagen, weil sie für mich ein bisschen zu lang waren. Abgesehen davon, saß der Pyjama nicht schlecht. Etwas weit, aber er saß wirklich nicht schlecht.

Irgendwann, kurz bevor ich zu Bett ging, griff ich zum Telefon und wählte eine gewisse Nummer. Ich hatte sie seit ein paar Tagen nicht mehr gewählt, aber ich erinnerte mich noch an sie.

Eine tiefe Stimme mit englischem Akzent. »Sieben-zwei-fünf-fünf. Es tut mir leid, aber ich bin momentan nicht zu Hause. Wenn Sie Ihren

Namen und Ihre Nummer nach dem Signalton hinterlassen, werde ich Sie so bald wie möglich zurückrufen. Vielen Dank.«

Ein langsamer Prozess, der Tod. Jemand hatte sie vor achtundvierzig Stunden in genau dieser Wohnung hier erstochen, aber ihre Stimme ging noch immer ans Telefon.

Ich rief noch zweimal an, nur um ihre Stimme zu hören. Ich hinterließ keine Nachrichten. Dann trank ich noch eine Dose Bier und den Rest des Bourbons, bevor ich mich in sein Bett legte und schlief.

Kapitel 12

Ich wachte verwirrt und orientierungslos auf, noch unter dem nachwirken-
den Eindruck eines gestaltlosen Traums. Einen Moment lang stand ich in
seinem Pyjama neben seinem Bett und wusste nicht, wo ich mich befand.
Dann kam die Erinnerung zurück, voll und ganz. Ich duschte mich kurz,
trocknete mich ab, zog wieder meine eigene Kleidung an. Ich gönnte mir
eine Dose Bier als Frühstück und verließ die Wohnung. Als ich ins helle
Sonnenlicht hinaustrat, fühlte ich mich wie ein Dieb in der Nacht.

Ich wollte mich sofort an die Arbeit machen. Aber ich zwang mich zu
einem großen Frühstück mit Eiern, Schinkenspeck, Toast und Kaffee im
Jimmy Day's am Sheridan Square. Ich trank wirklich eine große Menge
Kaffee dazu und nahm dann die U-Bahn Richtung Norden.

In meinem Hotel wartete eine Nachricht auf mich, gemeinsam mit jeder Menge Werbepost, die sofort im Papierkorb landete. Die Nachricht
stammte von Seldon Wolk; er wollte, dass ich ihn bei Gelegenheit anrief.
Ich entschied, dass jetzt die Gelegenheit dazu war, und rief ihn von der
Hotellobby aus an.

Seine Sekretärin stellte mich sofort zu ihm durch. Er sagte: »Ich war
heute Morgen bei meinem Klienten, Mr. Scudder. Er hat mir etwas aufgeschrieben, das ich Ihnen vorlesen soll. Darf ich?«

»Nur zu.«

» ›Matt, ich weiß nichts über Manch in Verbindung mit Portia. Ist er ein
Assistent von einem der Bürgermeister? Unter ihren Kunden befanden sich
ein paar Politiker, aber sie wollte mir nicht sagen, wer sie waren. Ich werde
nichts mehr vor dir verschweigen. Ich habe Fuhrmann und unsere Pläne
verschwiegen, weil ich nicht sehen konnte, dass es eine Rolle spielt, und ich

Dinge gerne für mich behalte. Aber vergiss all das. Worauf du dich konzentrieren solltest, sind die beiden Cops, die mich verhaftet haben. Warum sind sie in meine Wohnung gegangen? Wer hat ihnen den Tipp gegeben? Das ist der Ansatz, mit dem du dich beschäftigen solltest.‹«

»Ist das alles?«

»Das ist alles, Mr. Scudder. Ich fühle mich wie ein Kurierdienst, der Fragen und Antworten weitergibt, ohne sie zu verstehen. Könnte genauso gut chiffriert sein. Ich gehe davon aus, dass die Nachricht für Sie Sinn ergibt?«

»Etwas. Wie hat Broadfield auf Sie gewirkt? War er in guter Stimmung?«

»Oh, in sehr guter sogar. Er ist fest davon überzeugt, dass er freigesprochen wird. Und ich denke, dass sein Optimismus berechtigt ist.« Und er hatte noch viel zu sagen über die verschiedenen juristischen Winkelzüge, mit denen er Broadfield vor dem Knast bewahren oder dafür sorgen würde, dass man das Urteil bei der Berufung aufhob. Ich machte mir nicht die Mühe zuzuhören, und als er das Tempo etwas zurücknahm, bedankte ich mich bei ihm und verabschiedete mich.

Ich ging ins Red Flame, trank einen Kaffee und dachte über Broadfields Nachricht nach. Sein Vorschlag war absolut falsch, und nachdem ich eine Zeitlang darüber nachgedacht hatte, wurde mir klar, warum.

Er dachte wie ein Cop. Das war nachvollziehbar – er hatte jahrelang wie ein Cop zu denken gelernt und es war schwer, sich von einen Tag auf den anderen umzustellen. Ich selbst dachte noch sehr häufig wie ein Cop, und ich hatte schon ein paar Jahre Zeit gehabt, meine alten Gewohnheiten abzulegen. Aus der Perspektive eines Polizisten schien es sehr vernünftig, das Problem so anzugehen, wie Broadfield es wollte. Man hielt sich an die harten Fakten und arbeitete von ihnen aus rückwärts, verfolgte jeden möglichen Ansatz, bis man herausgefunden hatte, wer den Mord gemeldet hatte. Es war sehr wahrscheinlich, dass der Anrufer auch der Mörder war. Falls nicht, hatte er wahrscheinlich etwas gesehen.

Und wenn er nichts gesehen hatte, dann vielleicht jemand anderes. Jemand konnte gesehen haben, wie Portia Carr am Abend ihres Todes das Gebäude in der Barrow Street betreten hatte. Sie hatte es nicht allein betreten. Jemand musste gesehen haben, wie sie Arm in Arm mit der Person, von der sie später ermordet worden war, ins Haus gekommen war.

Und das war die Art von Ansatz, die ein Cop verfolgen konnte. Die Polizei konnte auf zwei Faktoren bauen, aufgrund derer diese Art von Untersuchung für sie Erfolg versprach – das Personal und die Amtsbefugnis. Und man benötigte beides, um dabei erfolgreich zu sein. Ein Mann, der alleine arbeitete, würde nichts ausrichten können. Ein Mann, der noch nicht einmal eine Spielzeug-Polizeimarke besaß, um Leute dazu zu bringen, mit ihm zu reden, würde in dieser Richtung nicht einmal ansatzweise etwas erreichen können.

Vor allem dann nicht, wenn die Polizei absolut nicht mit ihm kooperieren wollte. Vor allem dann nicht, wenn man gegen jede Art von Ermittlung war, die Broadfields Hintern aus dem Feuer holen könnte.

Deshalb musste mein Ansatz ein deutlich anderer sein, einer, von dem man nicht erwarten konnte, dass ein Polizist ihn gutheißen würde. Ich musste herausfinden, wer sie umgebracht hatte, und dann musste ich die Fakten finden, die stützen würden, was ich schon herausklamüsert hatte.

Aber zuerst musste ich mit jemandem sprechen.

Ein kleiner Mann, hatte Kenny gesagt. Klein, schlank. Eingefallene Wangen. Eine ziemlich hohe Stirn und erschreckend wenig Kinn. Ein kümmerlicher Ziegenbart. Kein Schnurrbart. Eine dicke Hornbrille...

Zuerst ging ich ins Armstrong's, um dort nachzusehen. Er war nicht dort und hatte an diesem Morgen auch noch nicht vorbeigeschaut. Ich überlegte mir, mir einen Drink zu gönnen, entschied aber, dass ich Douglas Fuhrmann auch ohne einen angehen konnte.

Nur, dass ich keine Gelegenheit dazu bekam. Ich ging zu seinem Wohnheim und klingelte, und dieselbe liederliche Frau öffnete. Wahrscheinlich trug sie denselben Morgenrock und dieselben Nachtpantoffeln. Erneut sagte sie mir, dass sie belegt waren und schlug vor, ich sollte es drei Häuser weiter probieren.

»Douglas Fuhrmann«, sagte ich.

Ihre Augen gaben sich die Mühe, sich auf mein Gesicht zu konzentrieren.

»Dritter Stock, zur Straße«, sagte sie. Sie runzelte leicht die Stirn. »Sie waren schon einmal hier. Auf der Suche nach ihm.«

»Das ist richtig.«

»Ja, ich dachte mir, dass ich Sie schon einmal gesehen habe.« Sie rieb den Zeigefinger an ihrer Nase und wischte ihn am Morgenrock ab. »Ich weiß nicht, ob er zu Hause ist. Wenn Sie an seine Tür klopfen wollen, nur zu.«

»In Ordnung.«

»Aber machen Sie nicht an seiner Tür herum. Er hat einen Einbrecheralarm eingebaut, der macht allen möglichen Lärm. Ich kann nicht mal reingehen, um bei ihm sauber zu machen. Er macht selbst sauber, stellen Sie sich das vor.«

»Er wohnt wahrscheinlich schon länger bei Ihnen, als die meisten anderen.«

»Hören Sie, er ist länger hier als ich. Wann hab ich hier angefangen? Vor einem Jahr? Vor zwei?« Wenn sie es nicht wusste, konnte ich ihr auch nicht weiterhelfen. »Er wohnt schon seit unzähligen Jahren hier.«

»Ich vermute, Sie kennen ihn ziemlich gut.«

»Ich kenne ihn überhaupt nicht. Ich kenne keinen von denen. Ich hab keine Zeit, Leute kennenzulernen, Mister. Ich hab meine eigenen Probleme, ob Sie mir das glauben oder nicht.«

Ich glaubte ihr, aber deshalb wollte ich noch lange nicht wissen, worum es sich dabei handelte. Sie konnte mir offenbar nichts über Fuhrmann sagen, und ich interessierte mich nicht für das, was sie mir sonst noch sagen konnte. Ich ging an ihr vorbei und die Treppe hoch.

Er war nicht zu Hause. Ich versuchte es am Türgriff, aber die Tür war abgesperrt. Es wäre wahrscheinlich ziemlich einfach gewesen, das Schloss zu knacken, aber ich wollte den Alarm nicht auslösen. Ich weiß nicht, ob ich mich daran erinnert hätte, wenn die alte Frau ihn nicht erwähnt hätte.

Ich schrieb ihm eine Nachricht, die besagte, es wäre wichtig, dass er mich sobald wie möglich kontaktierte. Ich unterschrieb mit meinem Namen, fügte meine Telefonnummer hinzu und schob den Zettel unter der Tür hindurch. Dann ging ich die Treppe hinunter und verließ das Gebäude.

*　　　*　　　*

Es gab einen Leon Manch im Telefonbuch für Brooklyn. Seine Adresse war in der Pierrepont Street, was bedeutete, dass er in Brooklyn Heights wohnte. Ich entschied, dass ein Toilettensklave genauso gut dort wie irgendwo anders wohnen konnte. Ich wählte seine Nummer und ließ es ein paar Mal klingeln, bevor ich aufgab.

Ich versuchte es mit Prejanians Büro. Niemand hob ab. Selbst Kämpfer für die gute Sache halten sich an die Fünf-Tage-Woche. Ich versuchte es im Rathaus, weil ich mir dachte, dass Manch vielleicht in sein Büro gegangen war. Zumindest gab es dort jemanden, der ans Telefon ging, selbst wenn niemand anwesend war, der auf den Namen Leon Manch hörte.

Im Telefonbuch fand ich als Abner Prejanians Adresse 444 Central Park West. Ich hatte seine Nummer halb gewählt, als ich erkannte, dass es sinnlos war. Er hatte keine Ahnung, wer ich war, und würde kaum dazu neigen, einem völlig fremden Menschen am Telefon behilflich zu sein. Ich hängte ein, holte mir meine Münze zurück und schlug Claude Lorbeer nach. Es gab nur einen Lorbeer in Manhattan, J. Lorbeer in der West End Avenue. Ich wählte die Nummer, und als sich eine Frau meldete, fragte ich nach Claude. Er kam ans Telefon und ich fragte ihn, ob er Kontakt mit einem Mann namens Douglas Fuhrmann gehabt hatte.

»Ich denke nicht, dass ich den Namen schon einmal gehört habe. In welchem Zusammenhang?«

»Er ist ein Partner von Broadfield.«

»Ein Polizist. Ich denke wirklich nicht, dass ich den Namen schon einmal gehört habe.«

»Vielleicht hat Ihr Boss das. Ich wollte ihn anrufen, aber er kennt mich nicht.«

»Oh, ich bin froh, dass Sie stattdessen mich angerufen haben. Ich kann Mr. Prejanian anrufen und ihn fragen, dann melde ich mich wieder bei Ihnen. Gibt es noch etwas, dass ich ihn für Sie fragen soll?«

»Finden Sie heraus, ob ihm der Name Leon Manch etwas sagt. In Verbindung mit Broadfield, meine ich.«

»Gewiss. Ich werde mich gleich wieder bei Ihnen melden, Mr. Scudder.«

Es waren noch keine fünf Minuten vergangen, als er zurückrief. »Ich habe gerade mit Mr. Prejanian gesprochen. Keiner der Namen, die Sie genannt haben, ist ihm bekannt. Äh, Mr. Scudder? An Ihrer Stelle würde ich eine direkte Konfrontation mit Mr. Prejanian vermeiden.«

»Oh?«

»Er war nicht gerade erfreut darüber, dass ich mit Ihnen kooperiere. Er hat es nicht offen gesagt, aber ich denke, Sie verstehen, worauf ich hinaus will. Er würde es vorziehen, wenn seine Mitarbeiter eine Strategie der wohlwollenden Vernachlässigung verfolgen, wenn ich auf diese Formulierung zurückgreifen darf. Natürlich werden Sie es für sich behalten, dass ich etwas Derartiges gesagt habe, oder?«

»Natürlich.«

»Sind Sie immer noch davon überzeugt, dass Broadfield unschuldig ist?«

»Mehr als je zuvor.«

»Und dieser Fuhrmann ist der Schlüssel?«

»Womöglich. Die Dinge fangen an, ein Bild zu ergeben.«

»Das hört sich faszinierend an«, sagte er. »Nun, ich möchte Sie nicht länger aufhalten. Wenn es irgendetwas gibt, das ich für Sie tun kann, melden Sie sich einfach bei mir. Aber das bleibt unter uns, ja?«

Etwas später rief ich Diana an. Wir verabredeten uns für halb neun in einem französischen Restaurant in der 9th Avenue, dem Brittany du Soir. Es ist ein ruhiger und zwangloser Ort, an dem wir die Möglichkeit haben würden, ruhige und zwanglose Menschen zu sein.

»Also sehen wir uns um halb neun«, sagte sie. »Hast du Fortschritte gemacht? Ach, das kannst du mir erzählen, wenn wir uns sehen.«

»Richtig.«

»Ich habe so viel nachgedacht, Matthew. Ich frage mich, ob du das nachvollziehen kannst. Ich habe so lange Zeit damit zugebracht, *nicht* nachzudenken, mich fast dazu gezwungen, nicht nachzudenken, und es ist, als wäre etwas entfesselt worden. Ich sollte nicht davon sprechen. Ich mache dir nur Angst.«

»Mach dir deshalb keine Sorgen.«

»Das ist ja das Seltsame. Ich mache mir keine Sorgen. Würdest du nicht auch sagen, dass das seltsam ist?«

*   *   *

Auf dem Weg zurück in mein Hotel schaute ich bei Fuhrmann vorbei. Die Hausverwalterin reagierte nicht auf mein Klingeln. Ich vermute, dass sie mit einigen der Probleme, die sie angedeutet hatte, beschäftigt war. Ich verschaffte mir Zugang zu dem Gebäude und stieg die Treppe hoch. Er war nicht zu Hause und war offenbar auch nicht zu Hause gewesen – ich konnte die Nachricht sehen, die ich für ihn unter der Tür hindurchgeschoben hatte.

Ich wünschte mir, seine Telefonnummer aufgeschrieben zu haben. Falls er überhaupt ein Telefon hatte – bei meinem Besuch hatte ich keines gesehen, aber der Schreibtisch war unaufgeräumt gewesen. Unter den Bergen von Papier konnte sich ein Telefon verborgen haben.

Ich ging nach Hause, duschte und rasierte mich, brachte das Zimmer in Ordnung. Das Zimmermädchen hatte es auf oberflächliche Weise gereinigt und es gab nicht viel mehr, das ich tun konnte. Es würde immer so aussehen, wie das, was es war, ein kleines Zimmer in einem unansehnlichen Hotel. Fuhrmann hatte sich entschlossen, sein möbliertes Zimmer in einen Fortsatz seiner eigenen Person zu verwandeln. Ich hatte meines so gelassen, wie ich es vorgefunden hatte. Ursprünglich hatte ich seine schlichte Einfachheit als irgendwie passend empfunden. Nun hatte ich schon lange damit aufgehört, sie wahrzunehmen, und nur die Aussicht, darin einen Gast zu empfangen, machte mir seine Erscheinung bewusst.

Ich überprüfte den Alkoholvorrat. Es sah aus, als wäre genug für mich da, und ich wusste nicht, was sie gerne trinken würde. Der Laden auf der anderen Straßenseite würde bis elf liefern.

Ich zog meinen besten Anzug an. Betupfte mich mit einem Duftwasser, das mir die Jungs einmal zu Weihnachten geschenkt hatten. Ich war mir nicht mehr sicher, vor wie vielen Jahren, und konnte mich auch nicht daran erinnern, wann ich es zum letzten Mal benutzt hatte. Betupfte mich damit und fühlte mich lächerlich, aber auf eine Art und Weise, die nicht unangenehm war.

Schaute im Armstrong's vorbei. Fuhrmann war eine Stunde zuvor kurz dort gewesen. Ich hinterließ eine Nachricht für ihn. Wählte Manchs Nummer, und diesmal ging er ans Telefon.

Ich sagte: »Mr. Manch, meine Name ist Matthew Scudder. Ich bin ein Freund von Portia Carr.«

Es gab eine Pause. Sie war lang genug, seine Antwort nicht überzeugend wirken zu lassen. »Ich befürchte, ich kenne niemanden, der so heißt.«

»Ich bin mir sicher, dass das Gegenteil der Fall ist. Sie sollten es besser nicht mit dieser Tour versuchen, Mr. Manch. Das wird nicht funktionieren.«

»Was wollen Sie?«

»Ich will Sie treffen. Irgendwann morgen.«

»Weshalb?«

»Das werde ich Ihnen sagen, wenn wir uns treffen.«

»Ich verstehe nicht. Wie sagten Sie, war Ihr Name?«

Ich nannte ihn noch einmal.

»Nun, ich verstehe nicht, Mr. Scudder. Ich weiß nicht, was Sie von mir wollen.«

»Ich werde morgen Nachmittag zu Ihnen kommen.«

»Ich weiß nicht–«

»Morgen Nachmittag«, sagte ich. »Gegen drei. Und es wäre besser für Sie, wenn Sie dann zu Hause sind.«

Er fing damit an, etwas zu sagen, aber ich blieb nicht lange genug am Apparat, um es mir anzuhören. Es war ein paar Minuten nach acht. Ich ging nach draußen und spazierte die 9th Avenue entlang zum Restaurant.

Kapitel 13

Wir saßen in einer Nische. Sie trug ein einfaches schwarzes Etuikleid und hatte auf Schmuck verzichtet. Ihr Parfüm war ein Blumenduft mit einem Unterton von Gewürz. Ich bestellte ihr einen trockenen Wermut mit Eiswürfeln und mir selbst einen Bourbon. Die Unterhaltung blieb während der ersten Runde von Getränken locker und ungezwungen. Als wir eine zweite Runde bestellten, wählten wir auch das Essen – Kalbsbries für sie, ein Steak für mich. Die Drinks wurden gebracht und wir stießen wieder miteinander an; unsere Blicke trafen sich und führten uns in eine Stille, die nur ein ganz kleines bisschen unbeholfen war.

Sie brach die Stille. Sie streckte die Hand aus und ich nahm sie, und sie senkte die Augen und sagte: »Ich bin nicht sehr gut darin. Aus der Übung, vermute ich.«

»Genau wie ich.«

»Du hattest ein paar Jahre Zeit, dich daran zu gewöhnen, ein Junggeselle zu sein. Ich hatte nur eine kleine Affäre, und sie war eigentlich kaum der Rede wert. Er war verheiratet.«

»Du musst nicht darüber sprechen.«

»Oh, das weiß ich. Er war verheiratet, das Ganze war sehr oberflächlich und rein körperlich. Und wenn ich ehrlich sein soll, war das Körperliche nicht sonderlich umwerfend. Und es hat nicht lange gehalten.« Sie zögerte. Vielleicht wartete sie darauf, dass ich etwas sagen würde, aber ich schwieg. Dann sagte sie: »Vielleicht möchtest du, dass das zwischen uns auch, äh, oberflächlich ist. Das wäre okay, Matthew.«

»Ich denke nicht, dass wir miteinander oberflächlich sein können.«

»Nein, vermutlich können wir das nicht. Ich wünschte – ich weiß nicht, was ich mir wünsche.« Sie hob ihren Drink und trank. »Ich werde heute Abend wahrscheinlich ein wenig betrunken werden. Ist das eine schlechte Idee?«

»Vielleicht ist es eine gute Idee. Sollen wir Wein zum Essen bestellen?«

»Das fände ich gut. Vermutlich ist es ein schlechtes Zeichen, wenn man ein wenig betrunken werden muss.«

»Nun, ich bin die letzte Person, die dir sagen würde, dass es eine schlechte Idee ist. Ich werde an jedem Tag meines Lebens ein wenig betrunken.«

»Ist das etwas, wegen dem ich mir Sorgen machen sollte?«

»Ich weiß es nicht. Es ist auf jeden Fall etwas, das dir bewusst sein sollte, Diana. Du solltest wissen, mit wem du dich einlässt.«

»Bist du ein Alkoholiker?«

»Nun, was ist ein Alkoholiker? Ich vermute, ich trinke genug Alkohol, um so bezeichnet zu werden. Er hält mich nicht davon ab zu funktionieren. Bis jetzt. Ich vermute, irgendwann einmal wird er.«

»Könntest du mit dem Trinken aufhören? Oder es reduzieren?«

»Vermutlich. Wenn ich einen Grund hätte.«

Die Kellnerin brachte die Vorspeisen. Ich bestellte eine Karaffe Rotwein. Diana spießte eine Muschel mit einer kleinen Gabel auf und hielt damit auf halbem Weg zu ihrem Mund inne. »Vielleicht sollten wir jetzt noch nicht darüber reden.«

»Vielleicht nicht.«

»Ich denke, wir denken über die meisten Dinge dasselbe. Ich denke, was wir wollen, ist dasselbe, und ich denke, dass unsere Ängste die gleichen sind.«

»Oder zumindest sehr, sehr ähnlich.«

»Ja. Vielleicht bist du kein Hauptgewinn, Matthew. Ich denke, das ist es, was du versucht hast, mir zu sagen. Ich bin selbst kein Hauptgewinn. Ich trinke nicht, aber ich könnte es tun. Ich habe nur einen anderen Weg gefunden, mich von der Welt abzuschotten. Ich habe aufgegeben, ich zu sein. Ich fühle mich–«

»Ja?«

»Als ob ich eine zweite Chance bekommen hätte. Als ob ich diese Chance die ganze Zeit über gehabt hätte, aber man hat sie nur, wenn man weiß, dass man sie hat. Und ich weiß nicht, ob du ein Teil dieser Chance bist oder ob du sie mir nur bewusst gemacht hast.« Sie legte die Gabel auf den Teller; die Muschel befand sich noch immer daran. »Oh, ich bin absolut verwirrt. Alle Zeitschriften sagen mir, dass ich mich in genau dem richtigen Alter für eine Identitätskrise befinde. Ist es das, was mit mir passiert, oder bin ich dabei, mich zu verlieben, und wie erkennt man den Unterschied? Hast du eine Zigarette?«

»Ich besorge welche. Welche Marke rauchst du?«

»Ich rauche nicht. Oh, egal, welche Marke. Winstons ist okay, denke ich.«

Ich zog eine Packung aus dem Automaten. Ich öffnete sie, gab ihr eine Zigarette, nahm mir selbst eine. Ich zündete ein Streichholz an und ihre Finger fassten mein Handgelenk, während sie ihre Zigarette daran entzündete. Ihre Fingerspitzen waren sehr kühl.

Sie sagte: »Ich habe drei kleine Kinder. Ich habe einen Ehemann, der im Gefängnis sitzt.«

»Und du gewöhnst dir das Trinken und das Rauchen an. Du bist ein Fiasko, auf jeden Fall.«

»Und du bist ein toller Kerl. Hab ich dir das schon gesagt? Es stimmt immer noch.«

Ich sorgte dafür, dass sie den größeren Teil des Weins zum Essen trank. Danach hatte sie eine Kanne Espresso und einen kleinen Kognak. Ich kehrte zu Kaffee und Bourbon zurück. Wir sprachen sehr viel und genossen gemeinsam lange Phasen des Schweigens. Letztere waren auf ihre Art und Weise ebenso kommunikativ wie unsere Gespräche.

Es war kurz vor Mitternacht, als ich die Rechnung bezahlte. Das Personal wartete darauf, schließen zu können, aber unsere Kellnerin war sehr anständig gewesen und hatte uns in Ruhe gelassen. Ich brachte meine Wertschätzung ihrer Geduld mit einem Trinkgeld zum Ausdruck, das vermutlich übertrieben war. Es war mir egal. Ich liebte die ganze Welt.

Wir gingen nach draußen und standen auf der 9th Avenue, wo wir die kalte Luft einatmeten. Sie entdeckte den Mond und teilte mir ihre Entdeckung mit. »Er ist fast voll. Ist er nicht wunderschön?«

»Ja.«

»Manchmal denke ich, dass ich fast die Anziehungskraft des Mondes spüren kann. Das ist albern, oder?«

»Ich weiß nicht. Das Meer spürt sie. Deshalb gibt es Ebbe und Flut. Und man kann nicht leugnen, dass der Mond menschliches Verhalten beeinflusst. Alle Cops wissen das. Die Verbrechensrate verändert sich mit dem Mond.«

»Im Ernst?«

»Mhm. Vor allem die seltsamen Verbrechen. Der Vollmond sorgt dafür, dass die Menschen merkwürdige Dinge tun.«

»Wie was zum Beispiel?«

»Wie sich in der Öffentlichkeit küssen.«

Ein wenig später sagte sie: »Nun, ich weiß nicht, ob das merkwürdig ist. Ich denke, es ist an und für sich sehr angenehm.«

Im Armstrong's bestellte ich für uns beide Kaffee und Bourbon. »Weil mir gefällt, wie ich mich fühle, Matthew, aber ich möchte nicht müde werden. Und es hat mir geschmeckt.«

Als Trina uns die Getränke brachte, gab sie mir einen Zettel. »Er war vor etwa einer Stunde hier«, sagte sie. »Vorher hatte er schon ein paar Mal angerufen. Er war sehr erpicht darauf, dass du ihn kontaktierst.«

Ich faltete den Zettel auf. Doug Fuhrmanns Name und eine Telefonnummer.

Ich sagte: »Das ist nichts, das nicht bis morgen früh warten könnte.«

»Er sagte, es sei dringend.«

»Nun, das ist seine Meinung.« Diana und ich schütteten den Bourbon in den Kaffee und sie fragte mich, worum es sich handelte. »Ein Typ, der eng mit deinem Mann befreundet war«, sagte ich. »Er hatte auch Kontakt mit dem Mädchen, das ermordet wurde. Ich denke, ich weiß warum, aber ich möchte mit ihm darüber sprechen.«

»Willst du ihn anrufen? Oder dich mit ihm treffen? Schieb es wegen mir nicht auf, Matthew.«

»Er kann warten.«

»Wenn du denkst, dass es wichtig ist–«

»Es ist nicht wichtig. Er kann bis morgen warten.«

Offenbar war Fuhrmann anderer Ansicht. Kurz darauf klingelte das Telefon. Trina nahm das Gespräch an und kam an unseren Tisch. »Derselbe Anrufer«, sagte sie. »Willst du mit ihm sprechen?«

Ich schüttelte den Kopf. »Ich war hier«, sagte ich. »Ich habe seine Nachricht bekommen und etwas in der Richtung gesagt, dass ich ihn morgen früh anrufen werde. Dann hatte ich einen Drink und bin wieder gegangen.«

»Verstanden.«

Zehn oder zwanzig Minuten später gingen wir wirklich. Esteban hatte die Mitternacht-bis-acht-Schicht an der Rezeption meines Hotels. Er gab mir drei Nachrichten, alle von Fuhrmann.

»Keine Anrufe«, sagte ich ihm. »Egal, wer es ist. Ich bin nicht da.«

»Geht klar.«

»Wenn das Telefon klingelt, gehe ich davon aus, dass das Gebäude in Flammen steht. Ansonsten will ich keine Anrufe.«

»Ich verstehe.«

Wir nahmen den Aufzug nach oben, gingen den Korridor entlang zu meinem Zimmer. Ich öffnete die Tür und trat zur Seite, um sie hineinzulassen. Mit ihr an meiner Seite wirkte das kleine Zimmer noch schlichter und freudloser als sonst.

»Ich hab daran gedacht, dass wir anderswo hingehen könnten«, erklärte ich ihr. »Ein besseres Hotel oder das Apartment eines Freundes, aber ich habe entschieden, dass ich wollte, dass du siehst, wie ich wohne.«

»Ich bin froh, Matthew.«

»Ist es in Ordnung?«

»Natürlich ist es in Ordnung.«

Wir küssten uns. Wir hielten einander sehr lange in den Armen. Ich roch ihr Parfüm und kostete die Süße ihres Mundes. Nach einiger Zeit gab ich sie frei. Sie ging langsam und bedächtig in meinem Zimmer umher, untersuchte Objekte, verschaffte sich ein Gespür für den Raum. Dann drehte sie sich zu mir um und lächelte ein sehr sanftes Lächeln, und wir begannen, uns auszuziehen.

Kapitel 14

Die ganze Nacht hindurch wachte immer wieder einer von uns auf und weckte den anderen. Dann erwachte ich ein letztes Mal und stellte fest, dass ich allein war. Fahles Sonnenlicht, das durch schlechte Luft gefiltert wurde, verpasste dem Zimmer einen goldenen Schimmer. Ich stieg aus dem Bett und nahm meine Uhr vom Nachttisch. Es war beinahe Mittag.

Ich hatte mich fast schon fertig angezogen, als ich ihre Nachricht fand. Sie war zwischen dem Glas und dem Rahmen des Spiegels über der Kommode eingeklemmt. Ihre Handschrift war sehr akkurat und relativ klein.

Ich las:

Liebster,

wie formulieren es die Kinder? Die letzte Nacht war die erste Nacht vom Rest meines Lebens. Ich hätte so viel zu sagen, aber ich bin nicht in der Verfassung, meine Gedanken richtig auszudrücken.

Bitte ruf mich an. Und ruf mich an, bitte.

Deine Dame

Ich las den Brief ein paar Mal durch. Dann faltete ich den Zettel und steckte ihn in meine Brieftasche.

Es gab nur eine Nachricht in meinem Fach. Fuhrmann hatte zum letzten Mal gegen halb zwei angerufen. Dann hatte er offenbar aufgegeben und war schlafen gegangen. Ich rief ihn von der Lobby aus an und durfte mir den Besetztton anhören. Danach ging ich nach draußen und genehmigte mir ein Frühstück. Die Luft, die von meinem Fenster aus verschmutzt ausgesehen hatte, fühlte sich auf der Straße sauber genug an. Vielleicht war es meine Stimmung. Ich hatte mich seit langer Zeit schon nicht mehr so gut gefühlt.

Nach der zweiten Tasse Kaffee stand ich von meinem Tisch auf und rief erneut bei Fuhrmann an. Es war noch immer besetzt. Ich setzte mich wieder an meinen Platz, trank eine dritte Tasse und rauchte eine der Zigaretten, die ich für Diana gekauft hatte. Am Vorabend hatte sie drei oder vier davon geraucht, und ich hatte jeweils eine geraucht, wenn sie es getan hatte. Diese rauchte ich zur Hälfte, dann ließ ich die Packung auf dem Tisch liegen. Ich versuchte es zum dritten Mal bei Fuhrmann, bezahlte die Rechnung und ging hinüber ins Armstrong's, um zu sehen, ob er dort war oder schon vorbeigeschaut hatte. Er war weder dort noch hatte er vorbeigeschaut.

Etwas trieb sich am Rand meines Bewusstseins herum und jammerte mit einem Klageton. Vom Armstrong's aus versuchte ich es noch einmal bei Fuhrmann. Der gleiche Besetztton, und er hörte sich für mich anders an als das übliche Besetztzeichen. Ich rief die Telefongesellschaft an und erklärte dem Mädchen am anderen Ende, dass ich wissen wollte, ob eine gewisse Nummer wirklich besetzt war oder man einfach nur den Hörer von der Gabel genommen hatte. Das Mädchen sprach nicht sonderlich gut Englisch und war sich nicht sicher, wie man herausfand, worum ich sie gebeten hatte. Sie bot an, mich mit ihrem Vorgesetzten zu verbinden, aber ich befand mich nur ein halbes Dutzend Blocks von Fuhrmanns Haus entfernt, weshalb ich ihr sagte, dass sie sich die Mühe sparen sollte.

Ich war ziemlich ruhig, als ich mich auf den Weg machte, und außerordentlich beunruhigt, als ich das Gebäude erreichte. Vielleicht fing ich Signale auf und sie wurden stärker, je näher ich kam. Aus irgendeinem Grund klingelte ich nicht an der Tür zu seinem Haus. Ich blickte hinein und sah niemanden, dann benutzte ich meinen Zelluloidstreifen, um die Haustür zu öffnen.

Ich ging die Treppe hoch ins oberste Stockwerk, ohne jemandem zu begegnen. Im Gebäude herrschte absolute Stille. Ich ging zu Fuhrmanns Tür und klopfte; ich rief seinen Namen und klopfte noch einmal.

Nichts.

Ich nahm den Zelluloidstreifen aus der Tasche und blickte ihn und die Tür an. Ich dachte an die Alarmanlage. Wenn ich sie auslöste, wollte ich die Tür zu dem Zeitpunkt, an dem der Alarm losschlug, offen haben, damit ich so schnell wie möglich verschwinden konnte. Wodurch das Entriegeln der

Tür ausschied. Feinheit hat ihre Vorteile, aber manchmal ist rohe Gewalt angebracht.

Ich trat die Tür ein. Ich musste nur einmal zutreten, weil das Bolzenschloss nicht abgesperrt war. Man benötigte einen Schlüssel, um den Bolzen zu verriegeln, genauso wie man einen Schlüssel benötigte, um den Alarm einzuschalten, und die Person, die zuletzt Fuhrmanns Apartment verlassen hatte, hatte diese Schlüssel nicht besessen oder sich nicht die Mühe gemacht, sie zu benutzen. Deshalb ging der Alarm nicht los, was eine gute Nachricht war. Aber es war die einzig gute, die es geben würde.

Die schlechte Nachricht wartete drinnen auf mich, und ich hatte von dem Augenblick an, als der Alarm nicht losschlug, gewusst, was sie sein würde. Auf gewisse Weise hatte ich es sogar schon gewusst, bevor ich das Gebäude erreicht hatte, aber das war instinktives Wissen gewesen, und als der Alarm stumm blieb, wurde es zu deduktivem Wissen, und nun, da ich ihn sehen konnte, war es nur eine kalte, nackte Tatsache.

Er war tot. Er lag auf dem Boden vor dem Schreibtisch und es sah aus, als hätte er sich über den Schreibtisch gebeugt gehabt, als der Mörder zugeschlagen hatte. Ich musste ihn nicht berühren, um zu wissen, dass er tot war. Der linke hintere Teil seines Schädels war eingeschlagen und das Zimmer selbst stank nach Tod. Tote Därme und Harnblasen entledigen sich ihres Inhalts. Bevor der Bestatter seine Kunst ausübt, stinken Leichen so übel wie der Tod, der sie in seinem Griff hat.

Ich berührte ihn trotzdem, um abschätzen zu können, wie lange er schon tot war. Seine Haut war kalt, was mir nur sagte, dass er schon mindestens fünf oder sechs Stunden tot war. Ich habe mich nie darum gekümmert, mir forensisches Fachwissen anzueignen. Die Labortechniker befassen sich damit, und sie sind darin ziemlich gut, wenn auch nicht halb so gut, wie sie gerne vorgeben.

Ich ging zur Tür und schloss sie. Das Schloss war nutzlos, aber auf dem Boden befand sich die Platte für eine Stahlstange, die schräg gegen die Tür geklemmt werden konnte, und ich fand die Stange und befestigte sie. Ich hatte nicht vor, lange zu bleiben, aber ich wollte auch nicht gestört werden, solange ich hier war.

Der Hörer lag neben dem Telefon. Es gab keine anderen Anzeichen für einen Kampf, weshalb ich annahm, dass der Mörder den Hörer abgehoben hatte, um die Entdeckung der Leiche hinauszuzögern. Wenn er so klug war, würde es auch keine Fingerabdrücke geben, aber ich bemühte mich trotzdem, weder eigene zu hinterlassen noch welche zu verschmieren, die er vielleicht versehentlich doch hinterlassen hatte.

Wann war Fuhrmann umgebracht worden? Das Bett war nicht gemacht, aber vielleicht machte er es nicht jeden Tag. Männer, die alleine leben, halten es oft so. War es gemacht gewesen, als ich ihn aufgesucht hatte? Ich dachte darüber nach und kam zu dem Schluss, dass ich mir weder in der einen noch in der anderen Hinsicht sicher sein konnte. Ich erinnerte mich an einen Eindruck von Reinlichkeit und Präzision, was nahelegte, dass es gemacht gewesen war, aber es hatte auch einen Eindruck von Behaglichkeit gegeben, der sehr gut mit einem ungemachten Bett einhergehen konnte. Je mehr ich darüber nachdachte, desto mehr kam ich zu dem Schluss, dass es keinen Unterschied machte. Der Gerichtsmediziner würde den genauen Todeszeitpunkt bestimmen und ich hatte keine übermäßige Eile damit, etwas herauszufinden, das ich von ihm bald genug erfahren würde.

Also saß ich auf dem Rand des Betts und blickte Doug Fuhrmann an. Ich versuchte, mich an den genauen Klang seiner Stimme erinnern und daran, wie sein Gesicht ausgesehen hatte.

Er hatte versucht, mich zu erreichen. Immer wieder aufs Neue, und ich hatte seine Anrufe nicht entgegengenommen. Weil ich etwas verärgert gewesen war, dass er mir Informationen vorenthalten hatte. Weil ich mit einer Frau zusammen gewesen war, die meine gesamte Aufmerksamkeit für sich in Beschlag nahm, und das war eine derart neue Erfahrung für mich, dass ich sie nicht einmal einen Moment lang trüben wollte.

Und wenn ich seinen Anruf entgegengenommen hätte? Nun, vielleicht hätte er mir dann etwas gesagt, das er mir nun nicht mehr sagen konnte. Aber es war wahrscheinlicher, dass er nur bestätigt hätte, was ich bereits über seine Beziehung zu Portia Carr vermutet hatte.

Wenn ich seinen Anruf entgegengenommen hätte, wäre er dann jetzt noch am Leben gewesen?

Ich hätte den ganzen Tag damit vergeuden können, auf seinem Bett zu sitzen und mir diese Frage zu stellen. Aber was auch immer die Antwort war, ich hatte bereits genug Zeit verschwendet.

Ich entriegelte die Tür und öffnete sie einen Spalt breit. Der Korridor war leer. Ich trat aus Fuhrmanns Zimmer, ging die Treppe hinab und verließ das Gebäude, ohne jemandem zu begegnen.

Midtown North – das frühere Achtzehnte Revier – befindet sich in der West 54th Street, nur ein paar Blocks entfernt von dem Ort, an dem ich mich befand. Ich rief dort von der Telefonzelle in einer Kneipe namens The Second Chance aus an. An der Bar saßen zwei Weintrinker, dahinter stand etwas, das wie ein dritter Saufbruder aussah. Als der Anruf entgegengenommen wurde, nannte ich Fuhrmanns Adresse und sagte, dass man dort einen Mann ermordet hatte. Ich hängte ein, während der diensthabende Beamte geduldig nach meinem Namen fragte.

Ich war zu sehr in Eile, um ein Taxi zu nehmen. Die U-Bahn war schneller. Ich fuhr bis zur Station Clark Street gleich nach der Brücke in Brooklyn. Ich musste nach dem Weg fragten, um die Pierrepont Street zu finden.

Der Block bestand fast ausschließlich aus Sandsteinhäusern. Das Gebäude, in dem Leon Manch wohnte, war vierzehn Stockwerke hoch, ein Gigant zwischen den anderen Häusern. Der Portier war ein untersetzter Schwarzer mit drei tiefen horizontalen Linien auf der Stirn.

»Leon Manch«, sagte ich.

Er schüttelte den Kopf. Ich holte mein Notizbuch hervor, überprüfte die Adresse, blickte den Portier an.

»Sie haben die richtige Adresse«, sagte er. Er hatte einen karibischen Akzent mit langgezogenen As. »Sie kommen am falschen Tag, das ist das Problem.«

»Ich werde erwartet.«

»Mr. Manch ist nicht mehr bei uns.«

»Er ist ausgezogen?« Es schien unmöglich.

»Wollte nich' auf den Aufzug warten«, sagte er. »Also hat er eine Abkürzung genommen.«

»Wovon sprechen Sie?«

Das Gerede, entschied ich später, war keine Flapsigkeit; es war sein Versuch, um das Unaussprechliche herumzureden. Nun gab er diesen Kurs auf und sagte: »Ist aus dem Fenster gesprungen. Genau dort gelandet.« Er deutete auf eine Stelle des Bürgersteigs, die sich in nichts vom Rest unterschied. »Er ist dort gelandet«, wiederholte er.

»Wann?«

»Letzte Nacht.« Er berührte seine Stirn, dann machte er eine Bewegung, die dem Bekreuzigen ähnelte. Ich weiß nicht, ob es sich um ein persönliches Ritual oder ein Element einer mir nicht vertrauten Religion handelte. »Armand hat gearbeitet. Wenn ich arbeite und ein Mann aus dem Fenster springt, ich weiß nicht, was ich tun würde.«

»War er tot?«

Er blickte mich an. »Was denkst du, Mann? Mr. Manch, der hat im vierzehnten Stock gewohnt. Was denkst du?«

Das nächste Revier, also das, das wahrscheinlich mit dem Fall befasst war, befand sich in der Joralemon Street bei der Borough Hall. Dort hatte ich Glück – ich traf einen Cop namens Kinsella, mit dem ich ein paar Jahre zuvor zusammengearbeitet hatte. Und ich hatte doppeltes Glück, denn er hatte offenbar noch nicht davon gehört, dass ich für Jerry Broadfield arbeitete, weshalb er keinen Grund hatte, mir keine Auskunft zu geben.

»Ist letzte Nacht passiert«, sagte er. »Ich hatte keinen Dienst, aber es sieht ziemlich eindeutig aus, Matt.« Er wühlte in ein paar Papieren, legte sie auf dem Schreibtisch ab. »Manch hat allein gelebt. Ich tippe, dass er eine Schwuchtel war. Ein Mann, der allein in dieser Nachbarschaft wohnt – du kannst deine eigenen Schlüsse ziehen. In neun von zehn Fällen sind sie schwul.«

Und in einem von zehn Toilettensklaven.

»Lass uns sehen. Aus dem Fenster, Kopfsprung, tot bei der Einlieferung im Adelphi Hospital. Wurde anhand des Inhalts seiner Taschen und der Etikette seiner Kleidung identifiziert. Außerdem durch das offene Fenster.«

»Keine Identifizierung durch nächste Angehörige?«

»Nicht, dass ich davon wüsste. Hier steht nichts. Gibt es Zweifel, dass er es ist? Wenn du einen Blick auf ihn werfen willst, ist das deine Sache, aber er ist mit dem Kopf zuerst aufgekommen, also –«

»Ich hab ihn sowieso nie gesehen. War er allein, als er aus dem Fenster sprang?« Kinsella nickte. »Irgendwelche Zeugen?«

»Nein. Aber er hat einen Abschiedsbrief hinterlassen. Befand sich in der Schreibmaschine auf dem Schreibtisch.«

»War er getippt?«

»Dazu steht hier nichts.«

»Könnte ich vielleicht einen Blick auf den Brief werfen?«

»Ausgeschlossen, Matt. Nicht mal ich hab Zugang dazu. Du könntest mit dem Kollegen reden, der mit der Angelegenheit befasst ist. Das ist Lew Marko, seine Schicht beginnt irgendwann heute Abend. Vielleicht kann er dir weiterhelfen.«

»Wahrscheinlich spielt es keine Rolle.«

»Moment mal, hier ist eine Abschrift. Hilft dir das?«

Ich las:

Vergebt mir. Ich kann so nicht weitermachen. Ich habe ein schlechtes Leben geführt.

Nichts über Mord.

Konnte er es getan haben? Sehr viel hing davon ab, wann Fuhrmann getötet worden war, und das würde ich erst wissen, wenn ich erfahren hatte, was der Gerichtsmediziner herausgefunden hatte. Angenommen, Manch hatte Fuhrmann umgebracht, war nach Hause gekommen, wurde von Reue übermannt, hatte das Fenster geöffnet–

Es gefiel mir nicht sonderlich gut.

Ich sagte: »Wann hat er es getan, Jim? Ich finde die Uhrzeit hier nicht.«

Er ging den Bericht durch, runzelte die Stirn. »Es sollte ein Zeitpunkt angegeben sein. Ich kann ihn nicht finden. Er war tot bei der Ankunft im Adelphi um elf Uhr fünfunddreißig gestern Abend, aber das verrät uns nicht, wann er aus dem Fenster gesprungen ist.«

Aber das musste es auch nicht. Doug Fuhrmann hatte um halb zwei zum letzten Mal versucht, mich telefonisch zu erreichen, eine Stunde und fünfundfünfzig Minuten, nachdem ein Arzt Leon Manch für tot erklärt hatte.

Es gefiel mir besser so, je mehr ich darüber nachdachte. Denn für mich fingen die Puzzleteile an zusammenzupassen und so, wie es sich abzeichnete, war Manch nicht Fuhrmanns Mörder und auch nicht der von Portia

Carr. Vielleicht war Manch der Mörder von Manch, vielleicht hatte er den Abschiedsbrief getippt, weil er keinen Kuli finden konnte, vielleicht wurde seine Reue durch Ekel wegen seines Lebens als Toilettensklave verursacht. *Ich habe ein schlechtes Leben geführt* – wer zum Teufel tut das nicht?

Für den Moment spielte es keine Rolle, ob sich Manch selbst umgebracht hatte oder nicht. Vielleicht hatte er Hilfe gehabt, aber das war etwas, das ich noch nicht wissen konnte und auch nicht beweisen musste.

Ich wusste, wer die anderen beiden umgebracht hatte, Portia und Doug. Ich wusste es auf dieselbe Weise, wie ich gewusst hatte, dass Doug Fuhrmann tot war, bevor ich bei ihm angekommen war. Wir bezeichnen ein solches Wissen als Ergebnis der Intuition, weil wir die Tätigkeit unseres Gehirns nicht genau erfassen können. Es spielt weiter Computer, während wir unser Bewusstsein auf etwas anderes richten.

Ich kannte den Namen des Mörders. Ich hatte eine ziemlich gute Vorstellung von seinem Motiv. Ich musste noch mehr abarbeiten, bevor die Sache zum Abschluss gebracht werden konnte, aber der schwierige Teil lag hinter mir. Wenn man erst einmal weiß, wonach man sucht, erledigt sich der Rest wie von selbst.

Kapitel 15

Weitere drei oder vier Stunden vergingen, bevor ich in den westlichen Siebziger Straßen aus einem Taxi stieg und einem Portier meinen Namen nannte. Es war nicht das erste Taxi, das ich genommen hatte, seit ich aus Brooklyn zurückgekommen war. Ich hatte mehrere Leute treffen müssen. Mir waren Drinks angeboten worden, aber ich hatte immer abgelehnt. Ich hatte Kaffee getrunken, darunter ein paar Tassen des besten Kaffees, den ich jemals gekostet hatte.

Der Portier kündigte mein Eintreffen an, dann wies er mir den Weg zum Aufzug. Ich fuhr hoch in den fünften Stock, suchte die richtige Wohnungstür und klopfte. Die Tür wurde von einer kleinen, vogelähnlichen Frau mit blaugrauem Haar geöffnet. Ich stellte mich vor und sie gab mir die Hand. »Mein Sohn guckt das Football-Spiel«, sagte sie. »Interessieren Sie sich für Football? Ich selbst kann dem nichts abgewinnen. Nun, setzen Sie sich erst einmal und ich werde Claude sagen, dass Sie hier sind.«

Aber es war nicht nötig, es ihm zu sagen. Lorbeer stand in einem Durchgang am Ende des Wohnzimmers. Er trug eine braune Strickweste über einem weißen Hemd. Seine Füße steckten in Nachtpantoffeln. Die Daumen seiner dicklichen Hände waren im Gürtel verhakt. Er sagte: »Guten Tag, Mr. Scudder. Bitte kommen Sie hier entlang. Mom, Mr. Scudder und ich werden im Arbeitszimmer sein.«

Ich folgte ihm in ein kleines Zimmer, in dem mehrere dick gepolsterte Sessel um einen Farbfernseher herum platziert waren. Auf dem Bildschirm verbeugte sich ein orientalisches Mädchen vor einem Fläschchen mit Herrenduft.

»Kabel«, sagte Lorbeer. »Man hat absolut perfekten Empfang. Und es kostet nur ein paar Dollar im Monat. Bevor wir uns dazu entschieden haben, hatten wir nie einen wirklich befriedigenden Empfang.«

»Wohnen Sie schon lange hier?«

»Mein ganzes Leben lang. Nun, nicht ganz. Wir sind hier eingezogen, als ich etwa zweieinhalb Jahre alt war. Natürlich hat mein Vater damals noch gelebt. Das hier war sein Zimmer, sein Arbeitszimmer.«

Ich blickte mich um. An den Wänden hingen Kunstdrucke englischer Jagdszenen, mehrere Pfeifenregale, ein paar gerahmte Fotos. Ich ging zur Tür und schloss sie. Lorbeer nahm das zur Kenntnis, ohne es zu kommentieren.

Ich sagte: »Ich habe mit Ihrem Arbeitgeber gesprochen.«

»Mr. Prejanian?«

»Ja. Er war sehr erfreut zu hören, dass Jerry Broadfield bald freikommen wird. Er sagte, dass er sich nicht sicher ist, welchen Nutzen er aus Broadfields Aussage ziehen kann, aber er sei froh, dass der Mann nicht für ein Verbrechen verurteilt wird, das er nicht begangen hat.«

»Mr. Prejanian ist ein sehr edelmütiger Mann.«

»Ist er das?« Ich zuckte mit den Schultern. »Ich selbst hatte nicht diesen Eindruck, aber ich bin mir sicher, dass Sie das besser beurteilen können als ich. Was ich gespürt habe, war, dass er froh ist, dass sich Broadfield als unschuldig entpuppt hat, weil nun seine eigene Organisation nicht ganz so schlecht dasteht. Aus diesem Grund hat er die ganze Zeit über gehofft, dass sich Broadfields Unschuld erweisen würde.« Ich beobachtete ihn aufmerksam. »Er sagte, er wäre froh gewesen, wenn er früher erfahren hätte, dass ich für Broadfield arbeite.«

»Wirklich.«

»Mhm. Das hat er gesagt.«

Lorbeer trat zum Fernseher. Er legte eine Hand auf den Apparat und blickte auf seinen Handrücken hinab. »Ich trinke gerade heiße Schokolade«, sagte er. »Sonntage sind für mich Tage der völligen Regression. Ich sitze in bequemer alter Kleidung herum, sehe mir Sport im Fernsehen an und trinke heiße Schokolade. Möchten Sie vielleicht auch eine Tasse?«

»Nein, danke.«

»Einen Drink? Etwas Stärkeres?«

»Nein.«

Er drehte sich um, um mich anzublicken. Die beiden klammerhaften Linien neben seinen Mundwinkeln schienen nun tiefer eingegraben zu sein. »Natürlich kann man nicht von mir erwarten, dass ich Mr. Prejanian mit jeder Kleinigkeit belästige. Es ist eine meiner Aufgaben, ihn vor Trivialitäten zu schützen. Seine Zeit ist sehr kostbar, und sie wird schon zu sehr in Anspruch genommen.«

»Und deshalb haben Sie sich gestern nicht die Mühe gemacht, ihn anzurufen. Sie haben mir gesagt, dass Sie mit ihm gesprochen haben, aber das stimmte nicht. Und Sie haben mir geraten, meine Fragen durch Sie übermitteln zu lassen, um zu verhindern, dass Prejanian verärgert wird.«

»Ich erledige nur meine Arbeit, Mr. Scudder. Es ist möglich, dass ich eine falsche Entscheidung getroffen habe. Niemand ist perfekt, und ich habe auch nie behauptet, es zu sein.«

Ich beugte mich vor und stellte den Fernseher ab. »Das lenkt ab«, erklärte ich. »Wir sollten uns beide auf unser Gespräch konzentrieren. Sie sind ein Mörder, Claude, und ich befürchte, dass Sie damit nicht ungestraft davonkommen werden. Warum setzen Sie sich nicht?«

»Das ist eine lächerliche Anschuldigung.«

»Setzen Sie sich.«

»Es macht mir nichts aus zu stehen. Sie haben gerade eine völlig absurde Anschuldigung gemacht. Ich verstehe es nicht.«

Ich sagte: »Ich vermute, ich hätte gleich am Anfang an Sie denken sollen. Aber es gab ein Problem. Wer auch immer Portia Carr getötet hatte, musste irgendwie mit Broadfield in Verbindung stehen. Sie wurde in seiner Wohnung getötet, weshalb jemand sie getötet haben musste, der wusste, wo seine Wohnung war. Jemand, der sich die Mühe machte, ihn zuerst aus der Wohnung zu locken und ihn auf eine sinnlose Suche nach Bay Ridge zu schicken.«

»Sie gehen davon aus, dass Broadfield unschuldig ist. Ich sehe immer noch keinen Grund, davon überzeugt zu sein.«

»Oh, ich wusste aus einer Vielzahl von Gründen, dass er unschuldig ist.«

»Trotzdem, wusste diese Carr nicht von Broadfields Wohnung?«

Ich nickte. »In der Tat, sie wusste davon. Aber sie kann ihren Mörder nicht dorthin geführt haben, weil sie bewusstlos war, als sie in die Wohnung gebracht wurde. Sie hat erst einen Schlag auf den Kopf bekommen und wurde dann erstochen. Es erschien logisch, dass sie den Schlag woanders bekommen hat. Sonst hätte der Mörder einfach weiter auf sie eingeschlagen, bis sie tot war. Er hätte nicht innegehalten, um sich ein Messer zu schnappen. Aber was Sie getan haben, Claude, war, dass Sie sie erst woanders bewusstlos geschlagen und sie dann in Broadfields Wohnung geschleppt haben. Bis Sie dort waren, hatten Sie sich des Objekts entledigt, mit dem Sie ihr auf den Kopf geschlagen hatten, weshalb Sie den Rest mit einem Messer erledigt haben.«

»Ich denke, ich werde eine Tasse heiße Schokolade trinken. Sind Sie sicher, dass Sie keine möchten?«

»Absolut. Ich wollte nicht glauben, dass ein Cop Portia Carr getötet hat, um Broadfield eine Falle zu stellen. Alles schien darauf hinzudeuten, aber es fühlte sich nicht richtig an. Mir gefiel der Gedanke besser, dass die Falle für Broadfield ein bequemer Weg war, ungestraft mit einem Mord davonzukommen, und dass das Hauptmotiv des Mörders gewesen war, Portia zu beseitigen. Aber woher wusste er dann von Broadfields Wohnung und kannte seine Telefonnummer? Ich brauchte jemanden, der irgendwie mit beiden in Verbindung stand. Und ich fand jemanden, aber es gab kein offenkundiges Motiv.

»Damit müssen Sie mich meinen«, sagte er ruhig. »Da ich gewiss kein Motiv hatte. Aber ich kannte diese Carr nicht, und ich kannte Broadfield nur oberflächlich, also bricht Ihre Argumentation zusammen, oder?«

»Nicht Sie. Douglas Fuhrmann. Er sollte als Ghostwriter Broadfields Buch schreiben. Das war der Grund, weshalb Broadfield zum Informanten geworden war – er wollte jemand Wichtiges werden und einen Bestseller schreiben. Er hatte die Idee von Carr, denn die wollte die fröhliche Nutte noch übertreffen. Fuhrmann kam auf den Gedanken, für beide zu arbeiten, und nahm Kontakt zu Carr auf, um zu sehen, ob er auch ihr Buch schreiben konnte. Dadurch stehen die beiden in Verbindung – so muss es sein –, aber es ist noch kein Motiv für Mord.«

»Und warum fiel die Wahl dann ausgerechnet auf mich? Weil Sie niemand anderen haben?«

Ich schüttelte den Kopf. »Ich wusste, dass Sie es gewesen waren, bevor ich wirklich wusste, warum. Ich habe Sie gestern Nachmittag gefragt, ob Sie Doug Fuhrmann kennen. Sie kannten ihn gut genug, um letzte Nacht zu ihm zu gehen und ihn zu töten.«

»Das ist bemerkenswert. Es werde ich beschuldigt, einen Mann getötet zu haben, von dem ich noch nie gehört habe.«

»Damit kommen Sie nicht durch, Claude. Fuhrmann stellte für Sie eine Gefahr dar, weil er mit beiden gesprochen hatte, mit Carr und mit Broadfield. Er hat gestern Abend versucht, mich zu erreichen. Wenn ich Zeit gehabt hätte, mich mit ihm zu treffen, wären Sie vielleicht nicht in der Lage gewesen, ihn zu töten. Oder vielleicht doch, denn vielleicht war er sich dessen, was er wusste, nicht bewusst. Sie waren einer von Portia Carrs Kunden.«

»Das ist eine schmutzige Lüge.«

»Vielleicht ist es schmutzig. Ich weiß es nicht. Ich weiß nicht, was Sie mit ihr angestellt haben oder sie mit Ihnen. Ich könnte ein paar wohl begründete Vermutungen anstellen.«

»Hol Sie der Teufel. Sie sind ein Tier.« Er erhob seine Stimme nicht, aber der Abscheu darin war erbittert. »Ich wäre Ihnen dankbar, wenn Sie in einer Wohnung mit meiner Mutter nicht etwas derartiges sagen würden.«

Ich blickte ihn einfach an. Er erwiderte meinen Blick zuerst mit Selbstvertrauen, dann schien sich sein Gesicht aufzulösen. Alle Entschlossenheit verschwand daraus. Er ließ die Schultern hängen und sah gleichzeitig sehr viel älter und sehr viel jünger aus. Nur ein kleiner Junge mittleren Alters.

»Knox Hardesty wusste davon«, fuhr ich fort. »Also haben Sie Portia Carr völlig umsonst getötet. Ich kann mir ziemlich gut ausmalen, was passiert ist, Claude. Als Broadfield in Prejanians Büro aufgetaucht ist, haben sie von mehr erfahren als nur von Polizeikorruption. Sie haben von Broadfield erfahren, dass Knox Hardesty Portia in der Hand hatte, dass sie ihm ihre Kunden verraten hat, um der Abschiebung zu entgehen. Sie gehörten zu ihren Kunden und sie erkannten, dass es nur eine Frage der Zeit war, bevor sie Sie an ihn weiterreichte.

Deshalb haben Sie Portia dazu gebracht, Broadfield anzuzeigen und der Erpressung zu beschuldigen. Sie wollten erreichen, dass er ein Motiv hatte, Portia umzubringen, und das ließ sich auf diese Weise leicht arrangieren. Sie dachte, Sie wären ein Cop, als Sie sie angerufen haben, und es fiel ihr leicht genug, mitzuspielen. Auf die eine oder andere Art ist es ihnen gelungen, sie ziemlich einzuschüchtern. Huren sind leicht einzuschüchtern.

An diesem Punkt hatten Sie alles sehr schön eingefädelt. Was den Mord selbst anbetraf, mussten Sie nicht einmal überaus klug sein, denn die Cops würden bestrebt sein, die Tat Broadfield anzuhängen. Sie lockten Portia ins Village und zur gleichen Zeit schickten Sie Broadfield rüber nach Brooklyn. Dann schlugen Sie sie bewusstlos, schleppten sie in seine Wohnung, töteten sie und verschwanden. Sie ließen das Messer in der Kanalisation verschwinden, wuschen sich die Hände und kamen nach Hause zu Mami.«

»Lassen Sie meine Mutter aus dem Spiel.«

»Das stört Sie, oder? Dass ich Ihre Mutter erwähne?«

»Ja, es stört mich.« Er presste die Hände aneinander, als müsste er sie unter Kontrolle halten. »Es stört mich sogar sehr. Deshalb tun Sie es, vermute ich.«

»Nicht nur deshalb, Claude.« Ich holte Luft. »Sie hätten sie nicht umbringen sollen. Es war zwecklos. Hardesty wusste bereits von Ihnen. Wenn er Ihren Namen von Anfang an in den Raum geworfen hätte, hätte ich mir sehr viel Zeit sparen können und Fuhrmann und Manch wären noch am Leben. Aber–«

»Manch?«

»Leon Manch. Es sah aus, als könnte er Fuhrmann umgebracht haben, aber es passte zeitlich nicht. Und dann sah es so aus, als könnten Sie es eingefädelt haben, aber Sie hätten es besser gemacht. Sie hätten sie in der richtigen Reihenfolge ermordet, oder? Erst Fuhrmann und dann Manch, und nicht umgekehrt.«

»Ich weiß nicht, wovon Sie reden.«

Und diesmal wusste er es offenbar wirklich nicht; der Unterschied in seinem Tonfall war deutlich. »Leon Manch war ein weiterer Name auf

Portias Kundenliste. Er war außerdem Knox Hardestys Draht in das Büro des Bürgermeisters. Ich habe ihn gestern Nachmittag angerufen und ein Treffen mit ihm vereinbart, und ich tippe, er konnte es nicht verkraften. Er ist letzte Nacht aus dem Fenster gesprungen.«

»Er hat sich tatsächlich selbst umgebracht.«

»So sieht es aus.«

»Er könnte Portia Carr getötet haben.« Er sagte es nicht als Argument, sondern nachdenklich.

Ich nickte. »Ja, er könnte sie umgebracht haben. Aber er kann Fuhrmann nicht umgebracht haben, weil Fuhrmann noch ein paar Mal telefoniert hat, nachdem Manch offiziell für tot erklärt worden war. Verstehen Sie, was das bedeutet, Claude?«

»Was?«

»Alles, was Sie hätten tun müssen, wäre gewesen, den armen Schriftsteller in Ruhe zu lassen. Sie konnten es nicht wissen, aber das war alles, was Sie hätten tun müssen. Manch hat einen Abschiedsbrief hinterlassen. Er hat keinen Mord gestanden, aber man hätte es so interpretieren können. Ich hätte es auf jeden Fall so interpretiert, und ich hätte alles in meiner Macht stehende getan, um dem toten Manch den Mord an Portia anzuhängen. Wenn mir das gelungen wäre, wäre Broadfield entlastet gewesen. Wenn nicht, wäre er vor Gericht gelandet. In beiden Fällen wären Sie in Sicherheit gewesen, denn ich hätte mich auf Manch als den Mörder festgelegt und die Cops hatten sich bereits auf Broadfield festgelegt, wodurch es niemanden mehr gegeben hätte, der Sie gejagt hätte.«

Er schwieg lange. Dann kniff er die Augen zusammen und sagte: »Sie versuchen, mich in eine Falle zu locken.«

»Sie sitzen bereits in der Falle.«

»Sie war eine böse, schmutzige Frau.«

»Und Sie waren der Rachengel des Herrn.«

»Nein. Nichts dergleichen. Sie versuchen, mich in eine Falle zu locken, aber es wird nicht funktionieren. Sie können nichts beweisen.«

»Ich muss es nicht.«

»Oh?«

»Ich will, dass Sie gemeinsam mit mir aufs Polizeirevier gehen, Claude.

Ich will, dass Sie dort die Morde an Portia Carr und Douglas Fuhrmann gestehen.«

»Sie müssen verrückt sein.«

»Nein.«

»Dann müssen Sie denken, dass ich verrückt bin. Warum um alles in der Welt sollte ich so etwas tun? Selbst wenn ich einen Mord begangen hätte–«

»Um sich einiges zu ersparen, Claude.«

»Ich verstehe nicht.«

Ich blickte auf meine Uhr. Es war noch früh, aber ich fühlte mich, als hätte ich seit Monaten nicht mehr geschlafen.

»Sie haben gesagt, dass ich nichts beweisen kann«, erklärte ich ihm. »Und ich habe gesagt, dass Sie Recht haben. Aber die Polizei kann es beweisen. Nicht sofort, aber wenn sie einige Zeit herumgeschnüffelt haben. Knox Hardesty kann bestätigen, dass Sie ein Kunde von Portia Carr waren. Er hat mir die Information gegeben, nachdem ich in der Lage war, ihm zu verdeutlichen, wie es mit dem Mord zusammenhängt, und er wird sie kaum vor dem Gericht zurückhalten. Und Sie können darauf wetten, dass jemand Sie zusammen mit Portia im Village gesehen hat und dass jemand Sie auf der 9th Avenue gesehen hat, als Sie Fuhrmann ermordet haben. Es gibt immer Zeugen, und wenn sich die Polizei und das Büro des Bezirksstaatsanwalts gemeinsam der Sache annehmen, kommen die Zeugen in der Regel zum Vorschein.«

»Dann sollen sie diese Zeugen doch hervorzaubern, wenn sie existieren. Warum sollte ich gestehen, um ihnen die Arbeit zu erleichtern?«

»Weil Sie die Sache für sich selbst einfacher machen würden, Claude. Sehr viel einfacher.«

»Das ergibt keinen Sinn.«

»Wenn die Polizei anfängt herumzuschnüffeln, wird alles ans Tageslicht kommen, Claude. Man wird herausfinden, warum Sie sich mit Portia Carr getroffen haben. In diesem Augenblick weiß es noch niemand. Hardesty weiß es nicht, ich weiß es nicht, niemand weiß es. Aber wenn die Polizei herumschnüffelt, wird es herauskommen. Und es wird Andeutungen in den

Zeitungen geben, und die Leute werden Dinge vermuten, vielleicht werden sie sogar Dinge vermuten, die schlimmer sind als die Wahrheit–«

»Hören Sie auf!«

»Jeder wird davon wissen, Claude.« Ich neigte meinen Kopf in Richtung der geschlossenen Tür. »Jeder«, sagte ich.

»Fahren Sie zum Teufel!«

»Sie könnten ihr dieses Wissen ersparen, Claude. Natürlich könnten Sie durch ein Geständnis auch auf eine mildere Strafe hoffen. Theoretisch geht das bei vorsätzlichem Mord nicht, aber Sie wissen, wie die Sache läuft. Sicherlich würde es Ihren Chancen nicht schaden. Aber ich denke, das ist zweitrangig, soweit es Sie betrifft, Claude. Nicht wahr? Ich denke, dass Sie sich gerne einen Skandal ersparen möchten. Habe ich nicht Recht?«

Er öffnete den Mund, schloss ihn aber wieder, ohne etwas zu sagen.

»Sie könnten Ihr Motiv verheimlichen, Claude. Sie könnten sich etwas ausdenken. Oder sich einfach weigern, es zu erklären. Niemand würde Sie unter Druck setzen, vor allem nicht, wenn Sie die Morde bereits gestanden haben. Die Menschen, die Ihnen nahestehen, würden wissen, dass Sie gemordet haben, aber sie müssten keine anderen Dinge aus Ihrem Leben erfahren.«

Er führte die Tasse mit Schokolade an seinen Mund. Er nippte daran, stellte sie zurück auf die Untertasse.

»Claude–«

»Lassen Sie mich einen Moment lang nachdenken, ja?«

»In Ordnung.«

Ich weiß nicht, wie lange wir so verharrten, ich stehend und er vor dem ausgeschalteten Fernseher sitzend. Vielleicht fünf Minuten. Dann seufzte er, streifte die Pantoffeln ab und griff nach einem Paar Schuhe. Er schnürte sie und erhob sich. Ich ging zu Tür, öffnete sie und trat zur Seite, damit er vor mir in das Wohnzimmer treten konnte.

Er sagte: »Mutter, ich werde für eine Weile außer Haus sein. Mr. Scudder benötigt meine Hilfe. Es ist etwas Wichtiges vorgefallen.«

»Oh. Aber das Abendessen, Claude. Es ist fast fertig. Vielleicht möchte dein Freund uns Gesellschaft leisten?«

Ich sagte: »Ich befürchte, das ist nicht möglich, Mrs. Lorbeer.«

»Wir haben keine Zeit, Mutter«, stimmte Claude mir bei. »Ich werde außer Haus zu Abend essen müssen.«

»Nun, wenn es sich nicht ändern lässt.«

Er zog die Schultern hoch und ging zum Wandschrank an der Eingangstür, um sich einen Mantel zu holen. »Zieh deinen dicken Mantel an«, sagte sie ihm. »Draußen ist es ziemlich kalt geworden. Es ist kalt draußen, nicht wahr, Mr. Scudder?«

»Ja«, sagte ich. »Es ist sehr kalt draußen.«

Kapitel 16

Mein zweiter Gang ins Tombs unterschied sich grundlegend vom ersten. Die Uhrzeit war ungefähr dieselbe, gegen elf am Morgen, aber diesmal hatte ich tief und fest geschlafen und am Vorabend sehr wenig getrunken. Beim ersten Mal hatte ich ihn in einer Zelle besucht. Nun traf ich ihn und seinen Anwalt bei der Aufnahme. Er hatte all die Anspannung und Depression in seiner Zelle zurückgelassen und sah aus wie ein siegreicher Held.

Er und Seldon Wolk waren bereits dort, als ich hereinkam. Broadfields Gesicht erhellte sich, als er mich sah. »Das ist mein Mann«, rief er. »Matt, mein Lieber, Sie sind der Größte. Absolut der Größte. Wenn ich eine kluge Sache in meinem Leben getan habe, dann war es die, mich mit Ihnen zusammenzutun.« Er schüttelte mir heftig die Hand und blickte strahlend auf mich herab. »Hab ich Ihnen nicht gesagt, dass ich aus diesem Scheißhaus herauskommen werde? Und haben Sie sich nicht als der Typ entpuppt, der mich rausgeholt hat?« Er neigte verschwörerisch den Kopf und sprach mit leiser, fast flüsternder Stimme weiter. »Und ich bin ein Typ, der weiß, wie man sich bedankt, damit die Dankbarkeit deutlich wird. Sie dürfen sich auf einen Bonus freuen.«

»Sie haben mir genug gezahlt.«

»Einen Teufel hab ich. Wie viel ist das Leben eines Menschen wert?«

Ich hatte mir dieselbe Frage oft genug gestellt, aber nicht ganz auf die gleiche Weise. Ich sagte: »Ich habe so ungefähr fünfhundert Dollar am Tag verdient. Das reicht mir, Broadfield.«

»Jerry.«

»Klar.«

»Und ich sage, Sie dürfen sich auf einen Bonus freuen. Sie kennen meinen Anwalt? Seldon Wolk?«

»Wir haben miteinander gesprochen«, sagte ich. Wolk und ich schüttelten uns die Hände und murmelten Höflichkeitsfloskeln.

»Nun, es ist an der Zeit«, sagte Broadfield. »Ich denke, die Reporter, die kommen werden, warten bereits, oder? Wenn es welche gibt, die es verpassen, wird sie das lehren, beim nächsten Mal pünktlich zu sein. Ist Diana mit dem Wagen draußen?«

»Sie wartet dort, wo Sie es gesagt haben«, informierte der Anwalt ihn.

»Perfekt. Sie haben meine Frau getroffen, oder, Matt? Natürlich haben Sie das, ich hab Ihnen die Nachricht für sie mitgegeben. Was wir machen werden, Sie schnappen sich eine Frau und dann werden wir irgendwann demnächst zu viert zu Abend essen. Wir sollten uns besser kennenlernen, alle von uns.«

»Das sollten wir«, stimmte ich zu.

Nun«, sagte er. Er öffnete einen braunen Briefumschlag und schüttete den Inhalt auf den Tisch. Er steckte die Brieftasche in die Tasche, schob die Armbanduhr auf seinen Arm, griff nach einer Handvoll Münzen und steckte sie ein. Dann legte er sich die Krawatte um den Hals und unter den Hemdkragen und betrieb viel Aufwand, sie zu binden. »Hab ich Ihnen das gesagt, Matt? Ich dachte, dass ich sie mir zweimal umbinden müsste. Aber ich denke, der Knoten sitzt absolut perfekt, oder?«

»Er sieht gut aus.«

Er nickte. »Ja«, sagte er. »Ich denke, er sieht ziemlich gut aus, wirklich. Ich sage Ihnen etwas. Matt, ich *fühle* mich auch gut. Wie sehe ich aus, Seldon?«

»Sie sehen gut aus.«

»Ich fühle mich wie eine Million Dollar«, sagte er.

Er ging ziemlich geschickt mit den Reportern um. Er beantwortete ihre Fragen und fand dabei einen guten Mittelweg zwischen aufrichtig und großspurig. Und obwohl es noch weitere Fragen gab, ließ er sein Nummer-Eins-Grinsen aufblitzen, winkte als Siegeszeichen mit der Hand, drängte sich durch die Reporter hindurch und stieg in sein Auto. Diana trat auf das Gaspedal und sie fuhren bis ans Ende des Blocks und dort um die Ecke. Ich stand da und sah ihnen nach, bis sie verschwunden waren.

Natürlich hatte sie kommen müssen, um ihn abzuholen. Und sie würde es für ein oder zwei Tage ruhig angehen lassen, bevor sie ihm mitteilte, wie die Dinge standen. Sie hatte gesagt, dass sie nicht erwartete, dass er große Schwierigkeiten machen würde. Sie war sich sicher, dass er sie nicht liebte und dass sie schon lange aufgehört hatte, in seinem Leben eine wichtige Rolle zu spielen. Aber ich sollte ihr ein paar Tage Zeit geben, dann würde sie mich anrufen.

»Nun, das war ziemlich aufregend«, sagte eine Stimme hinter mir. »Ich habe mich gefragt, ob vielleicht von uns erwartet wurde, das glückliche Paar mit Reis zu bewerfen, oder so.«

Ohne mich umzudrehen, sagte ich: »Hallo Eddie.«

»Hallo Matt. Ein wunderbarer Morgen, nicht wahr?«

»Nicht schlecht.«

»Ich vermute, du fühlst dich ziemlich gut.«

»Nicht zu schlecht.«

»Zigarre?« Lieutenant Eddie Koehler wartete nicht auf eine Antwort; er steckte die Zigarre in seinen eigenen Mund und zündete sie an. Er benötigte drei Streichhölzer, weil der Wind die ersten beiden ausblies. »Sollte mir 'n Feuerzeug zulegen«, sagte er. »Hast du das Feuerzeug gesehen, das Broadfield vorhin benutzt hat? Hat teuer ausgesehen.«

»Ich denke, das ist es auch.«

»Denke, es sah aus wie Gold.«

»Wahrscheinlich. Obwohl Gold und Goldlegierung ziemlich ähnlich aussehen.«

»Sie kosten aber nicht dasselbe, oder?«

»Im Allgemeinen nicht.«

Er lächelte, holte mit einem Arm aus und packte mich am Bizeps. »Ach, du Hurensohn«, sagte er. »Komm, ich geb dir einen Drink aus, du alter Hurensohn.«

»Es ist ein bisschen früh für mich, Eddie. Vielleicht eine Tasse Kaffee.«

»Noch besser. Seit wann ist es jemals zu früh, dir einen Drink auszugeben?«

»Oh, ich weiß nicht. Vielleicht werde ich es mit dem Alkohol ein wenig ruhiger angehen lassen. Mal sehen, ob es einen Unterschied macht.«

»Ja?«

»Nun, für eine Weile zumindest.«

Er blickte mich abschätzend an. »Du hörst dich ein bisschen so an wie dein früheres Ich, weißt du das? Ich kann mich nicht daran erinnern, wann du dich zum letzten Mal so angehört hast.«

»Mach keine große Sache daraus, Eddie. Alles, was ich tue, ist, einen Drink ausschlagen.«

»Nein, da ist noch etwas. Ich kann es nicht genau bestimmen, aber etwas ist anders.«

Wir gingen rüber in einen kleinen Laden in der Reade Street und bestellten Kaffee und Kopenhagener. Er sagte: »Nun, du hast den Bastard rausgeholt. Ich hasse es, dass er aus dem Schneider ist, aber das kann ich dir kaum übelnehmen. Du hast ihn losgeeist.«

»Er hätte gar nicht in der Patsche stecken sollen.«

»Ja, nun, dass ist eine andere Sache, oder?«

»Mhm. Du solltest froh darüber sein, wie sich die Dinge entwickelt haben. Abner Prejanian wird nicht sonderlich viel Nutzen aus ihm ziehen können, weil er sich selbst für die nächste Zeit ziemlich zurückhalten muss. Er sieht gerade nicht sonderlich gut aus. Sein Assistent wurde festgenommen, weil er zwei Menschen getötet hat und dem Kronzeugen von Abner einen der Morde in die Schuhe schieben wollte. Du hast dich darüber beklagt, dass er seinen Namen zu gerne in der Zeitung liest. Ich denke, er wird bestrebt sein zu verhindern, dass sein Name in den nächsten paar Monaten dort erscheint, oder?«

»Könnte sein.«

»Und Knox Hardesty gibt auch kein gutes Bild ab. Was die Öffentlichkeit anbetrifft, gibt es keine Probleme, aber es wird sich herumsprechen, dass er nicht sonderlich gut darin ist, seine Informanten zu beschützen. Er hatte Carr, und über Carr kam er an Manch, und jetzt sind sie beide tot. Das ist keine sonderlich gute Erfolgsbilanz, wenn man Leute dazu bewegen will, mit einem zu kooperieren.«

»Natürlich hat er das NYPD sowieso noch nicht behelligt, Matt.«

»Noch nicht. Aber jetzt, da sich Prejanian zurückhalten muss, hätte er vielleicht versucht, einen Fuß in die Tür zu bekommen. Du weißt, wie es läuft, Eddie. Immer, wenn sie Schlagzeilen wollen, attackieren sie die Polizei.«

»Ja, das ist die verdammte Wahrheit.«

»Also ist das, was ich gemacht habe, gar nicht so schlecht für euch, oder? Das NYPD gibt kein schlechtes Bild ab.«

»Nein, du hast es gut gemacht, Matt.«

»Ja.«

Er nahm seine Zigarre, zog daran. Sie war ausgegangen. Er zündete sie wieder an und beobachtete, wie das Streichholz fast bis zu seinen Fingerspitzen herabbrannte, bis er es ausschüttelte und in den Aschenbecher fallen ließ. Ich biss von meinem Kopenhagener ab und spülte den Bissen mit einem Schluck Kaffee hinunter.

Ich konnte das Trinken reduzieren. Es würde Zeiten geben, zu denen es mir schwerfallen würde. Wenn ich an Fuhrmann dachte und daran, dass ich seinen Anruf hätte annehmen können. Oder wenn ich an Manch dachte und seinen Sprung in den Tod. Mein Anruf konnte es nicht ganz allein verursacht haben. Hardesty hatte ihn unter Druck gesetzt und er hatte über Jahre hinweg Schuldgefühle gehabt. Aber ich hatte ihm nicht geholfen, und vielleicht, wenn ich nicht angerufen hätte–

Nur, dass man nicht so denken darf. Was man tun muss, ist, sich daran erinnern, dass man einen Mörder geschnappt hat und einen unschuldigen Mann vor dem Gefängnis bewahrt hat. Man gewinnt nicht immer, und man darf sich nicht jedes Mal, wenn man den Ball fallen lässt, fertigmachen.

»Matt?« Ich blickte ihn an. »Das Gespräch, das wir kürzlich hatten. In deiner Stammkneipe?«

»Armstrong's.«

»Richtig, Armstrong's. Ich hab ein paar Dinge gesagt, die ich nicht hätte sagen sollen.«

»Ach, zum Teufel damit, Eddie.«

»Schwamm drüber?«

»Ja, klar.«

Pause. »Nun, ein paar Jungs, die wussten, dass ich heute herkommen würde – was ich vorhatte, weil ich dachte, dass du hier sein würdest –, nun, sie haben mich gebeten, dir zu sagen, dass sie es dir nicht übel nehmen. Nicht, dass sie im Allgemeinen jemals was gegen dich hatten, es ist nur, dass es ihnen lieber gewesen wäre, wenn du dich nicht mit Broadfield zusammengetan hättest. Wenn du verstehst, was ich meine.«

»Ich denke, das tue ich.«

»Und sie hoffen, dass du keinen Unmut gegen das NYPD hast. Das ist alles.«

»Ich hab keinen.«

»Nun, das hatte ich mir eigentlich gedacht, aber ich dachte auch, dass es besser wäre, offen darüber zu sprechen, um sicherzugehen.« Er fuhr sich mit der Hand über die Stirn und zerzauste sich die Haare. »Hast du wirklich vor, weniger zu trinken?«

»Ich könnte es ausprobieren. Warum?«

»Ich weiß nicht. Denkst du, dass du vielleicht bereit bist, dich wieder der menschlichen Rasse anzuschließen?

»Ich habe sie nie verlassen, oder?«

»Du weißt, wovon ich rede.«

Ich schwieg.

»Du hast etwas bewiesen, musst du wissen. Du bist immer noch ein guter Cop, Matt. Darin bist du wirklich gut.«

»Und?«

»Es ist einfacher, ein guter Cop zu sein, wenn man eine Polizeimarke trägt.«

»Manchmal ist es schwieriger. Wenn ich in der letzten Woche eine Polizeimarke getragen hätte, hätte man mir gesagt, dass ich die Finger von der Sache lassen soll.«

»Ja, und das hat man dir auch so gesagt und du hast nicht darauf gehört, und du hättest nicht darauf gehört, ob du nun eine Marke trägst oder nicht. Hab ich nicht Recht?«

»Vielleicht. Ich weiß es nicht.«

»Der beste Weg, eine gute Polizeibehörde zu bekommen, ist, gute Polizisten zu haben. Ich würde es verdammt gerne sehen, wenn du wieder einer von uns wärst.«

»Ich denke nicht, dass das passieren wird, Eddie.«

»Ich hab dich nicht gebeten, eine Entscheidung zu treffen. Ich wollte nur sagen, dass du darüber nachdenken solltest. Und du kannst in der nächsten Zeit darüber nachdenken, oder? Vielleicht ist es etwas, das anfängt, Sinn zu ergeben, wenn du nicht mehr vierundzwanzig Stunden am Tag mit Alkohol vollgepumpt bist.«

»Das ist möglich.«

»Wirst du darüber nachdenken?«

»Ich werde darüber nachdenken.«

»Mhm.« Er rührte seinen Kaffee um. »Hast du in der letzten Zeit von deinen Jungs gehört?«

»Es geht ihnen gut.«

»Nun, das freut mich.«

»Ich werde am Freitag was mit ihnen unternehmen. Es gibt so eine Vater-Sohn-Sache ihrer Pfadfindergruppe, ein Abendessen mit Gummihähnchen und danach Karten für das Spiel der Nets.«

»Ich hab mich nie für die Nets interessieren können.«

»Sie sollen eine gute Mannschaft haben.«

»Ja, davon hab ich gehört. Nun, es ist gut, dass du sie triffst.«

»Mhm.«

»Vielleicht können du und Anita–«

»Lass es, Eddie.«

»Ja, ich rede zu viel.«

»Außerdem hat sie sowieso jemand anderen.«

»Man kann nicht von ihr erwarten, dass sie herumsitzt.«

»Ich tue es nicht und es ist mir egal. Ich habe selbst jemanden.«

»Oh. Was Ernstes?«

»Ich weiß es nicht.«

»Etwas, das man langsam angehen lassen sollte, um zu sehen, wie es sich entwickelt, vermute ich.«

»Ja, so ungefähr.«

*   *   *

Das war am Montag. Während der folgenden Tage unternahm ich viele lange Spaziergänge und verbrachte viel Zeit in Kirchen. An den Abenden genehmigte ich mir ein paar Drinks, damit mir das Einschlafen leichter fiel, aber eigentlich trank ich nicht ernsthaft. Ich spazierte umher, ich genoss das Wetter, ich ging die Nachrichten, die für mich hinterlassen wurden, durch, ich las die *Times* am Morgen und die *Post* am Abend. Nach einer Weile begann ich mich zu fragen, warum ich die Nachricht, auf die ich wartete, nicht erhielt, aber ich war nicht verärgert genug, um selbst den Hörer in die Hand zu nehmen und einen Anruf zu tätigen.

Dann spazierte ich am Donnerstag gegen zwei Uhr nachmittags herum, ohne ein bestimmtes Ziel zu haben, und kam an einem Zeitungsstand an der Ecke 57th Street und 8th Avenue vorbei, wo ich zufällig die Schlagzeile der *Post* sah. Normalerweise wartete ich und kaufte mir die Abendausgabe, aber die Schlagzeile erregte meine Aufmerksamkeit und ich kaufte ein Exemplar.

Jerry Broadfield war tot.

Kapitel 17

Als er sich gegenüber von mir hinsetzte, wusste ich, wer es war, ohne die Augen zu heben. Ich sagte: »Tag, Eddie.«

»Dachte mir, dass ich dich hier finden würde.«

»Nicht schwer zu erraten, oder?« Ich gab Trina mit der Hand ein Signal. »Was trinkst du, Seagram's? Bring meinem Freund hier einen Seagram's und Wasser. Ich nehme noch einen von diesen.« Zu ihm sagte ich: »Du hast nicht lange gebraucht. Ich bin selbst erst seit einer Stunde hier. Natürlich muss sich die Neuigkeit mit der Mittagsausgabe verbreitet haben. Ich hab erst vor einer Stunde eine Zeitung gesehen. Hier steht, dass es ihn gegen acht heute Morgen erwischt hat. Stimmt das?«

»Das stimmt, Matt. Laut dem Bericht, den ich gelesen hab.«

»Er kam aus dem Haus und ein Wagen neueren Datums hielt am Straßenrand und jemand hat ihm beide Läufe einer abgesägten Schrotflinte verpasst. Ein Schulkind hat gesagt, dass der Mann mit der Flinte ein Weißer war, wusste aber nichts über den anderen Mann im Wagen, den Fahrer.«

»Das ist richtig.«

»Einer der Männer ist weiß und der Wagen soll blau gewesen sein und die Schrotflinte wurde am Tatort zurückgelassen. Keine Fingerabdrücke, tippe ich.«

»Wahrscheinlich nicht.«

»Keine Möglichkeit, die abgesägte Schrotflinte zu ihrem Besitzer zurückzuverfolgen, vermute ich.«

»Davon hab ich nichts gehört, aber–«

»Aber es wird keine Möglichkeit geben, sie zurückzuverfolgen.«

»Wahrscheinlich nicht.«

Trina brachte die Drinks. Ich nahm meinen und sagte: »Auf abwesende Freunde, Eddie.«

»Klare Sache.«

»Er war nicht dein Freund, und auch wenn du es nicht glaubst, er war noch weniger mein Freund als deiner, aber darauf werden wir trinken, auf abwesende Freunde. Ich hab mich deinem Trinkspruch angeschlossen, so wie du es wolltest, also kannst du dich meinem anschließen.«

»Was auch immer du meinst.«

»Auf abwesende Freunde«, sagte ich.

Wir tranken. Der Alkohol schien nach ein paar Tagen der Zurückhaltung eine stärkere Wirkung zu haben. Ich hatte gewiss nicht den Geschmack daran verloren. Der Drink floss leicht und geschmeidig meinen Rachen hinab und machte mir auf deutliche Weise bewusst, wer ich war.

Ich sagte: »Denkst du, man wird je herausfinden, wer es war?«

»Willst du eine ehrliche Antwort?«

»Denkst du, ich will, dass du mich anlügst?«

»Nein, das denke ich nicht.«

»Also?«

»Ich glaube nicht, dass man jemals herausfinden wird, wer es war, Matt.«

»Wird man es versuchen?«

»Ich denke nicht.«

»Würdest du es versuchen, wenn es dein Fall wäre?«

Er blickte mich an. »Nun, ich will absolut ehrlich zu dir sein«, sagte er nach einem Augenblick des Nachdenkens. »Ich weiß es nicht. Ich möchte glauben, dass ich es versuchen würde. Ich denke, welche – ich denke, *verdammt*, ich denke, ein paar von unseren Leuten müssen es getan haben. Was zum Teufel kann man sonst annehmen, richtig?«

»Richtig.«

»Wer auch immer es getan hat, war ein gottverdammter Idiot. Ein absolut verfickter Idiot, der damit dem NYPD mehr Schaden zugefügt hat, als Broadfield es jemals gekonnt hätte. Wer auch immer es getan hat, sollte aufgeknüpft werden, und ich möchte glauben, dass ich die Hurensöhne mit allen zur Verfügung stehenden Mitteln jagen würde, wenn es mein Fall wäre.« Er senkte die Augen. »Aber wenn ich ehrlich sein soll, ich weiß nicht, ob ich es tun würde. Ich denke, ich würde so tun als ob und die Sache unter den Teppich kehren.«

»Und das ist es, was man draußen in Queens tun wird.«

»Ich hab nicht mit ihnen gesprochen. Ich weiß es nicht als Tatsache, dass sie sich so verhalten werden. Aber ich wäre überrascht, wenn sie etwas anderes tun würden, und du wärst es auch.«

»Mhm.«

»Was wirst du unternehmen, Matt?«

»Ich?« Ich starrte ihn an. »Ich? Was *sollte* ich unternehmen?«

»Ich meine, wirst du versuchen, sie zu schnappen? Denn ich denke nicht, dass das eine gute Idee wäre.«

»Warum sollte ich das tun, Eddie?« Ich streckte die Hände aus mit den Handflächen nach oben. »Er ist nicht mit mir verwandt. Und niemand engagiert mich, um herauszufinden, wer ihn umgebracht hat.«

»Ist das die Wahrheit?«

»Das ist die Wahrheit.«

»Es ist schwer, dich auszurechnen. Ich denke, dass ich dich durchschaue, und dann tu ich es doch nicht.« Er erhob sich und legte Geld auf den Tisch. »Lass mich diese Runde bezahlen«, sagte er.

»Bleib hier, Eddie. Lass uns noch einen trinken.«

Er hatte seinen Drink kaum angerührt. »Keine Zeit«, sagte er. »Matt, du musst dich wegen der Sache nicht in der Flasche verkriechen. Es hat sich nichts geändert.«

»Nein?«

»Zum Teufel, nein. Du hast noch immer dein eigenes Leben. Du hast diese Frau, mit der du dich triffst, du hast–«

»Nein.«

»Hä?«

»Vielleicht werde ich sie wiedersehen. Ich weiß es nicht. Wahrscheinlich nicht. Mittlerweile hätte sie mich schon anrufen können. Und nachdem es passiert ist, sollte man meinen, dass sie angerufen hätte, wenn da etwas ist.«

»Ich kann dir nicht folgen.«

Aber ich sprach nicht zu ihm. »Wir waren zum richtigen Zeitpunkt am richtigen Ort«, fuhr ich fort. »Deshalb sah es so aus, als könnten wir füreinander wichtig werden. Wenn wir jemals eine Chance hatten, dann würde ich sagen, dass diese Chance verschwunden ist, als heute Morgen die Schrotflinte abgefeuert wurde.«

»Matt, du ergibst keinen Sinn.«

»Für mich ergibt es Sinn. Vielleicht ist es mein Fehler. Vielleicht werden wir einander wiedersehen, ich weiß es nicht. Aber ob wir das tun oder nicht, es wird nichts ändern. Die Menschen können die Dinge nicht ändern. Ab und zu ändern die Dinge die Menschen, aber die Menschen ändern die Dinge nicht.«

»Ich muss los, Matt. Trink nicht zu viel, ja?«

»Klar, Eddie.«

Irgendwann an diesem Abend wählte ich ihre Nummer in Forest Hills. Es läutete ein Dutzend Mal, bevor ich aufgab und meine Münze zurückbekam.

Dann wählte ich eine andere Nummer. Eine zurückgelassene Stimme rezitierte: »Sieben-zwei-fünf-fünf. Es tut mir leid, aber ich bin momentan nicht zu Hause. Wenn Sie Ihren Namen und Ihre Nummer nach dem Signalton hinterlassen, werde ich Sie so bald wie möglich zurückrufen. Vielen Dank.«

Der Signalton erklang und ich war an der Reihe. Aber es fiel mir nichts ein, was ich sagen konnte.

An meine deutschen Leser: Ich hoffe, dass Sie Gefallen an diesem Matthew-Scudder-Roman gefunden haben. Wenn Sie über zukünftige Veröffentlichungen meiner Bücher auf Deutsch informiert werden möchten, schicken Sie einfach eine E-Mail mit dem Betreff "German mailing list" an lawbloc@gmail.com. (Ich versende auch einen Newsletter auf Englisch und würde Sie mit Freude auch auf diese Liste setzen; falls gewünscht, fügen Sie einfach "English also" hinzu.)

Über den Autor

Lawrence Block schreibt seit einem halben Jahrhundert preisgekrönte Kriminalromane und Spannungsliteratur. Sein neuestes Buch ist *In Sunlight or in Shadow*, eine Anthologie mit 17 neuen Kurzgeschichten, die jeweils von einem Gemälde von Edward Hopper inspiriert wurden; zu den vertretenen Autoren gehören Stephen King, Joyce Carol Oates, Lee Child, Megan Abbott, Michael Connelly, Jeffery Deaver und Joe Lansdale.

Blocks zuletzt erschienener Roman ist *The Girl with the Deep Blue Eyes*, von seinem Hollywood-Agenten als »James M. Cain auf Viagra« gerühmt. Zu seinen neueren Romanen zählen außerdem *The Burglar Who Counted the Spoons*, in dem Bernie Rhodenbarr im Mittelpunkt steht, *Hit Me* mit dem Briefmarkensammler und Auftragsmörder Keller sowie *A Drop of the Hard Stuff* mit Matthew Scudder. 2014 wurde Scudder von Liam Neeson in der Verfilmung *Ruhet in Frieden – A Walk Among the Tombstones* brillant auf der Leinwand verkörpert wurde. Auch andere Romane Blocks wurden verfilmt, allerdings mit geringerem Erfolg.

Block erhielt auch für seine Bücher für Autoren große Anerkennung, darunter Klassiker wie *Telling Lies for Fun & Profit* und *Write for Your Life*. Zuletzt hat er mit *The Crime of Our Lives* eine Sammlung von Aufsätzen über das Genre des Kriminalromans und dessen Vertreter veröffentlicht.

Neben seinen Prosawerken hat Block auch Drehbücher für die Fernsehserie *Tilt* und den Film *My Blueberry Nights* von Wong Kar-wai geschrieben. Block soll ein zurückhaltender und bescheidener Mann sein, auch wenn man das aufgrund dieser autobiographischen Skizze keinesfalls erwarten würde.

Email: lawbloc@gmail.com
Twitter: @LawrenceBlock
Facebook: lawrence.block
Homepage: lawrenceblock.com

Über den Übersetzer:

Stefan Mommertz arbeitete nach dem Studium für einen Fachzeitschriftenverlag in München. Seit 2004 lebt er in Ungarn.

Homepage: stefanmommertz.wordpress.com

Die Matthew-Scudder-Romane:

#1 *Die Sünden der Väter* (*The Sins of the Fathers*)

#2 *Drei am Haken* (*Time to Murder and Create*)

#3 *Mitten im Tod* (*In the Midst of Death*)

#4 *A Stab in the Dark*

#5 *Eight Million Ways to Die*

#6 *When the Sacred Ginmill Closes*

#7 *Out on the Cutting Edge*

#8 *A Ticket to the Boneyard*

#9 *A Dance at the Slaughterhouse*

#10 *A Walk Among the Tombstones*

#11 *The Devil Knows You're Dead*

#12 *A Long Line of Dead Men*

#13 *Even the Wicked*

#14 *Everybody Dies*

#15 *Hope to Die*

#16 *All the Flowers are Dying*

#17 *A Drop of the Hard Stuff*

#18 *The Night and the Music* (the complete short stories)

Auf Deutsch erschienene Matthew-Scudder-Kurzgeschichten:

#1 Aus dem Fenster (Out the Window)

#2 Eine Kerze für die Stadtstreicherin (A Candle for the Bag Lady)

#3 Im frühen Licht des Tages (By the Dawn's Early Light)

Weitere Bücher von Lawrence Block:

Mit leichtem Gepäck (*Resume Speed*)